俺の幼馴染はメインヒロインらしい。
2

Ore no osananajimi ha Main heroine rashii

CONTENTS

プロローグ　枯れ花　003
第1章　生徒会長と副会長　006
第2章　私の　028
第3章　違和感　064
第4章　幼馴染攻略最前線　085
第5章　婚約者　105
幕間　飢え　128
第6章　まるで漫画みたいな　157
第7章　勝手に決めるな　184
第8章　ズルい　199
幕間　妄執　212
第9章　体育祭と不穏な影　218
第10章　シークレットキャンバス　236
第11章　好きな人　259
あとがき　276

illustration by Bcoca / design by AFTERGLOW

俺の幼馴染はメインヒロインらしい。2

3pu

角川スニーカー文庫

24154

プロローグ　枯れ花

Ore no osananajimi ha Main heroine rashii

花に水をやるように、人は人へ愛情を注ぐ。

その方法は多岐にわたりお金や物、人の温《ぬく》もりといった分かりやすいものから、厳しい言葉や態度といった一見して分かり難《にく》いものまで。

自分なりのやり方で人は人《種》に愛情《水》を注ぐのだ。

ただ、それで芽吹くとは限らない。

花の種類によって育て方が違うように、注がれる人間にもまた種類があるのだ。

——どんな形であろうと受け取ることが出来る者。

——分かりやすい愛情しか受け付けない者。

などなど、様々な人が存在し両者が綺麗《きれい》に噛《か》み合うことで芽吹くのである。

だが、逆に噛み合わなければ穴の空いた花瓶に水を注ぐように、ただただ穴から流れ落ちていく。

『あのお父様。私百点満点を取りました！』

『そうか。……お前《ウチの子》ならば当然だな。それより、まだ仕事中なのだ。話がそれだけなら退《ど》いてくれ』

『は、はい』

故に、分かりやすい愛情を求めている少女と仕事人間の親との相性が最悪なのは当然で。

高校生になるまで彼女の種が芽吹くことはなかった。

これが普通なのだと、自分に言い聞かせて。

愛を知らずに生きてきた。

『一生懸命に働かれていたから手伝いたいと思ったんです』

そんなある日、一人で寂しそうに作業をしている少女のもとにとある少年が現れた。

優しい彼は何の見返りも求めず、無償の愛情を注いだ。

分かりやすく真《ま》っ直《す》ぐに。

やがて、それによって種が芽吹き恋という花を咲かせた。

それは愛を知らなかった少女にはあまりにも美しく、あまりにも尊かった。

だから、必死になった。

この花を咲かせ続けられるように。

彼からずっと愛情を注いでもらえるように。

だが、現実は残酷だ。

彼の周りには自分とは違った綺麗な花が咲いていて。

最終的に選ばれたのは少女ではなく、別の女の子だった。

そうなれば、彼の愛情は必然的にたった一人にだけ注がれるようになり、少女の花は枯れてしまった。

普通ならば、枯れてしまえば捨ててしまうそれ。

しかし、少女の手元にある花はたった一輪だけで、たとえ枯れていても捨てることなど出来なかった。

いつか、またあの少年に愛を注いでもらえる日を想《おも》い焦がれて、大事にしまっていると
しばらくして奇跡は起きた。

どういう原理か分からないが、時が巻き戻っていたのだ。

あの少年と出会う少し前に。

それを理解した瞬間、少女は決意した。

「今度こそあの方の愛を独り占めしてみせます」

と。

第1章 生徒会長と副会長

Ore no osananajimi ha Main heroine rashii

季節の暖かさが残る五月の初め。

本日の空模様は快晴で、ポカポカとした陽気な日差しは眠気を誘うほどに心地よい絶好のランチ日和《びより》。

勿論《もちろん》、昼休みを迎えた高校生達が大人しくしているはずもなく。

授業が終わるやいなや、教室を飛び出し各々の気に入った場所へ赴き、昼食や雑談などに興じていた。

例に漏れず、高校一年生になったばかりの少年水無月彩人《みなづきさいと》も、幼馴染《おさななじみ》の美少女・街鐘《まちがね》莉里《りり》と屋上で昼食を取っていた。

「ふふぁい《うまい》、ふぁいふぉう《さいこう》！」

「こら、食べながら喋《しゃべ》らない。はしたないよ」

「ふぇーい《へーい》。……もぐもぐ。うふぁ《うま》！」

少し前に毒味役をやってから、何故《なぜ》かお馴染みとなった二つ目のお弁当。

莉里お手製の料理はどれも彩人好みの味付けで、あまりの美味《おい》しさに毎回食べている最中に感想が溢《あふ》れるほど。

その度に、莉里から注意されているのだが意識しても勝手に口から出てしまうためどうしようもない。

だが、彩人としては別に直さなくても良いだろうと思っている。

美味しい物を美味しいと言うのは当たり前のことだ。

何より——

「……もう。大人になって恥をかいても知らないからね」

——料理を褒めると幼馴染の少女が喜ぶのだから。

現在《いま》も、その証拠に口では悪態こそ吐《つ》いているが、頭の癖毛は嬉《うれ》しそうに小さく揺れている。

(分かりやすい奴《やつ》)

そんなことを考えながら弁当を食べていると、不意に横からシャッター音が聞こえた。

視線をそちらに向ければ、戦場《購買》から戻ってきた天然パーマの友人が一人。

カメラのレンズ越しに目が合った。

「……(分かりやすいね)」

「ふあろ《だろ》？」

無言のアイコンタクト。

それにより、彼も同じことを考えていると分かり二人は笑い合う。

「二人とも何勝手に通じ合っているの？」

男二人で盛り上がる横で、一人除《の》け者《もの》にされた莉里は不満気に頬《ほお》を膨らませた。

「あと、明石《あかし》君。写真を撮るのは許可したけど、撮るのはこっちが気付いてからにして」

しかし、それも一瞬のこと。

莉里は息を吐き出すと、視線を海《かい》へ向け勝手に写真を撮ったことに説教を始めた。

「……善処します」

「善処じゃなく厳守ね。出来ないなら潰すよ？」

「ヒッ。……分かりました」

「よし」

最初こそ言われた通りの条件で撮影したのに横暴だと海は反抗的な目をしていたが、莉里が何かを潰すような仕草をするとすぐ従順になった。

まるで、飼い主が出来の悪い犬に躾《しつけ》をするようなやり取りに側《そば》で見ていた彩人は苦笑い。

（俺の幼馴染おっかねぇ～）

この幼馴染なら間違いなくやる。

自分を害そうとする相手ならば容赦なく。

OFF
AUTO

一週間前に彼女のことを襲った男を返り討ちにし、拘束と称してガチガチに関節技をキメて泣かせていたのが何よりの証明だ。

海からすれば許してもらってこそいるが、過去に莉里相手に大きな大きなやらかしをしているので気が気でないだろう。

ほんの少しだけ、傍若無人な幼馴染に振り回される友人に同情した。

「じゃあ、撮った写真見せてくれる？」

「……はい、どうぞご確認ください」

「さて、どんなのを撮ったのかな明石君は——「いただき！」——あっ！　ちょっ、彩人何で取るの⁉」

莉里に頭の上がらなくなった海がカメラを差し出した直後、彩人が横からそれを掻《か》っ攫《さら》った。

「何でだろうな？」

「自分でやっておいてなんで疑問形なの？」

先程、海が撮った写真を見たらきっと莉里は自分にこんな癖があるのかと恥ずかしがり、以降二度としないようにするだろう。

彩人個人としてそれは困る。

嬉しそうにしている莉里を見ながらご飯を食べるのがここ最近のマイムーブなのだ。

ここで癖を自覚されてそれがなくなるのはおしい。

彼女の尊厳ため、私欲のため、彩人はあえて馬鹿なフリをすると幼馴染の少女に呆《あき》れられてしまった。

その隙に先程海が撮った写真を削除しようとしたが、莉里も馬鹿ではない。

何となく彩人のしようとしていることを察し、カメラを覗《のぞ》き込もうと邪魔をしてきて鬱陶しい。

「何勝手に消そうとしてるの？　私達の写真なんだから私にも見る権利があるでしょ」

「俺のでもあるんだから消す権利はあるんだよ！」

「こら、待ちなさい！」

「待てと言われて待つ奴がいるかよ！」

「……カメラ壊さないでよね」

どうしても写真を見せたくない彩人。

どうしても写真を見たい莉里。

最初は、両手を上下左右に動かしているだけだったが、徐々にエスカレートしていき二人だけの鬼ごっこが始まった。

猛スピードで屋上を飛び出し、校内を駆け回る彩人と莉里。

だが、そんなことをしていれば校内にいる教師の誰かに見つかるのは必然。

「こら！　水無月君と街鐘さん。廊下は走っちゃ駄目ですよ」

「さーせん」

「すいません」

廊下を歩いていた担任の葉山智慧《はやまちえ》から注意の言葉が飛んできた。

熱の上がっていた二人はそれで少し冷静になるが、まだこの程度では引き下がらない。

走るのをやめはしたが、ギリギリ怒られないレベルの競歩で続行。

「何で追いつけないの⁉」

「場数が違うんだよ。場数が！」

これにより二人の速度はほぼ同じとなったが、追いかけている立場から莉里の方が若干速い。

しかし、元々あった差が詰まるどころか開いていく。

その要因は、彩人が小学校の頃に培った校内鬼ごっこの経験。

何回も校内で鬼ごっこをしていたクソガキの彩人は、先生に怒られない範囲で追いかけてくる鬼から逃げる術《すべ》をいくつも知っているのだ。

優等生な莉里には到底そんなスキルがあるはずもなく、曲がり角《コーナー》や人を避《さ》けるといった要所要所での遅れが重なり、三分が経《た》った頃には見事、彩人は逃げ切ることに成功したのだが、一つ想定外のことが起きた。

「ふぅ。何とかなった。って、ここ何処《どこ》だ？」

それは莉里から逃げ切ることに熱中していて、気が付いたら見知らぬ場所に迷い込んでしまったこと。

現在、彩人が居るのは校内地図にも載っていない鬱蒼《うっそう》とした謎の庭園。

何となく昔は綺麗《きれい》な庭園だったのだというのは分かるが、雑草や木の枝が伸び放題となっているためどんな姿をしていたのかまでは分からない。

ただ、少し奥に入れば噴水のある広場周りだけは妙に綺麗だった。

雑草もなく、噴水にも汚れがない。それでいて、噴水の周りを囲うように地面が掘り起こされており、等間隔で何かの芽が出ていた。

何の目的があるのかは分からないが誰かが手を入れているのは明白。

何処か幼い頃に作った秘密基地のような雰囲気を感じ、好奇心が掻《か》き立てられた。

「おっ、ここに種を入れた穴がある。ってことは、ついさっきまで作業してたっぽいな」

というわけで、この庭園に入り浸っている謎の人物探しを開始。

一丁前に地面を触ってみたりなんかして、彩人の気分はすっかり何処ぞの名探偵だ。

誰にでも分かりそうな簡単なことを口に出しながら、キョロキョロと辺りを見ながら奥へ進んでいく。

しばらく踏み鳴らされた道を歩いていくと見覚えのない校舎の裏に出た。

中を覗いてみれば、見覚えのある巨漢の先生が。

確か、生徒指導の先生で普段は三年の校舎にいると全校集会で言っていたのを憶えている。

ということは、ここはおそらく三年生が使っている新校舎だろう。

今まで特に縁がなかったため初めて見るが、彩人達一、二年生が使っている校舎に比べれば小さい。

とは言っても、一学年の生徒達を収めるには充分過ぎるレベルだが。

「ほ～、ここが新校舎か」

「お前ここで何をしている？」

改めてこの学校の大きさに圧倒されていると、とある男に声を掛けられた。

彩人は声のした方に振り返り、次いで驚いた。

「生徒会長！」

声を掛けてきたのが、何とこの学校の生徒会長だったからだ。

名前は宝城《ほうじょう》匠《たくみ》。

彩人よりも背が高く、足の長い眼鏡《めがね》をかけたクール系イケメンで、そこそこな数の企業を抱えている宝城グループの御曹司《おんぞうし》。

親の血をしっかりと受け継いでいる匠も人をまとめるカリスマ性を有しており、生徒会選挙では他の立候補者達にトリプルスコアをつけて当選したらしい。

入学式の時、在校生代表として彼が新入生に激励の言葉を贈り会場を沸かせていたので、流石《さすが》の彩人も覚えていた。

初見の印象は、クールで真面目そうな人。それでいて、人を動かすのが上手《うま》そうであまり現場には出ないタイプ。

そんな印象を持っていたが、今の匠は彩人のイメージとは真逆の格好をしていた。

自動車整備士が着ていそうなつなぎを身に纏《まと》い、片手にはジョウロを、もう片方の手にはスコップやビニール袋が入ったバケツ持っていた。

予想外の人物と予想外な格好での出会い。

それは、彩人の度肝を抜くのには充分で。

思わず素っ頓狂な声を出してしまった。

「こんにちはっす！　俺は一年三組の水無月彩人です。ここにいるのは、迷子になったからっす」

「……そうか」

しかし、それも一瞬のこと。

切り替えの早い彩人はすぐに立ち直り事情を説明すると、最初は訝《いぶか》しんでいた匠の目が残念なものを見る目に変わった。

「一年の校舎はここを真っ直《ま》ぐ出《す》て、左に行けば帰れる」

「マジっすか。ありがとうございます」

「これくらい礼を言われることじゃない。さっさと行け」

「うぃっす。このご恩はいつか——って、あっ！」

帰り道を教えてもらった彩人は匠に言われた通り、帰路につこうとしたところで急にカチリと頭の中のピースがハマる音がした。

「あの、生徒会長さえ良ければなんすけどそのジョウロ俺が運びましょうか？　多分、あそこの耕してるところに持っていくんすよね。大変じゃないっすか？」

くるりと、身体《からだ》を翻し彩人は匠にそう申し出る。

「お前、アレを見たのか。……別にこれくらい自分で運べるからいい」

しかしながら、生徒会長としての威厳からか、はたまた男が花を育てていることに羞恥心を覚えているのか。

匠は彩人の申し出を断った。

「本当っすか？　腕めっちゃプルプルしてるっすけど。もしかして、間違えて水入れ過ぎたんじゃないっすか？」

「ぐっ！　そんなことはない」

「まぁまぁ、そう意地を張らずに俺に任せてくださいよ」

けれど、悲しいことに心に反して匠の身体は虚勢を張れるほど強くはなくて。

ジョウロを持っている方の腕が痙攣《けいれん》しており、やせ我慢をしているのが丸分かりの状態。

彩人は懐にデジタルカメラを仕舞《しま》うと、ヒョイと匠からジョウロを掻っ攫った。

「強引だな、お前は」

「よく言われるっす」

重いジョウロがなくなって、疲れた腕をプラプラとさせながら皮肉を言う匠に彩人は気持ちのいい笑みを返す。

そして「じゃあ、行きますか」と声を掛け、今度は匠と共に庭園へ足を踏み入れた。


「で、何でこんなことしてるんすか？」

指示された通りの場所に水をやりながら、彩人は匠に尋ねる。

「趣味だ」

「それなら、家で良くないっすか？　わざわざ学校でしなくてもいいでしょ。あっ、やっぱ秘密基地的なノリっすか？　自分のプライベートな空間が欲しい的な」

「それは違う。……だが、別に良いだろ。家だと色々面倒なんだ」

「なるほど。生徒会長も色々あるんすね〜」

投げやりな顔で返ってきた答えはありふれたもの。

だが、匠の態度から何となく本当のことではないだろう。

それが何なのかとても気になるが、普通の人より周りの空気を読むのが鈍い彩人でも分かるくらい、拒絶のオーラを出されてしまえばそれ以上聞くことは出来なかった。

「そういえば、もうすぐ体育祭ですけど生徒会長は何に出るんすか？」

となれば、沈黙にならないよう彩人がすることは次の話題に移ること。

近々行われる全学年共通イベント『体育祭』について話を振った。

「俺は学年対抗リレーと騎馬戦だ」

やはり、当然のことといえば当然なのだが、三年生の匠から出た競技名は彩人が出る競技と少し違っていた。

『騎馬戦』

男子ならば誰もが心惹《ひ》かれる甘美な響き。

小中学校時代、彩人は二度体験しているが数多くの生徒達が鉢巻を奪い合うために入り乱れるあのカオスな時間は楽しい記憶として鮮明に残っている。

「おぉ、騎馬戦いいっすね。俺めっちゃ好きなんですけど、一年生はないんすよね〜。なんで、俺の分も頑張ってください。生徒会長」

「取っ組み合いは苦手だから期待はするな」

正直に言えば、彩人も騎馬戦に参加したい。

けれど、三年生の種目に一年生が出るのは不可能なため、匠に自分の分まで頑張ってくれと圧の籠もったエールを送る。

するど、匠は渋い顔をしてそっぽを向いた。

どうやら騎馬戦はあまり得意ではないらしい。

「大丈夫っす。さっきの姿見たら運動が苦手なのは分かってるんで。程々にやってくださ い」

「お前は失礼な奴《やつ》なのか、そうじゃないのか分からん奴だな」

さっきは配慮してきたかと思えば、お次は無遠慮な言葉を投げかける彩人という男が理解出来ず、匠は困惑気味。

「俺は失礼な奴っすよ。よく幼《おさな》馴染《なじみ》にデリカシーがないって言われるんで」

それに対し、彩人はあっけらかんと自分は前者だと宣言した。

最低限の分別が付くのは、幼馴染の少女が事あるごとに注意してくれたから。

何年も彼女がそうしてくれなければ、今頃きっと彩人は匠の拒絶オーラにも気付かず平然と地雷を踏み抜いていただろう。

容易にそれが想像出来てしまうだけに、嘘《うそ》でも彩人はデリカシーがあるとは言えなかった。

「変な奴だな、お前は」

「それもよく言われたっす」

ただ、そうだとしても堂々とそれを認められる人間は稀《まれ》だ。

自分を良く見せようとすることが多い社交の世界で生きてきた匠には、珍獣にでも見えたのだろう。

呆《あき》れたような、それでいて何処か少し羨むような皮肉の言葉を彩人は笑い飛ばした。

「あっ、水なくなったっす」

そうこうしていると、ジョウロの中にあった水が切れてしまった。

「水入れてくるっすね」

まだ水を撒《ま》けていないエリアがあるため彩人は補充に行こうと身体の向きを変えた時、匠が肩を摑《つか》んだ。

「なんすか？」

「どうやらもう終わりのようだ」

突然の終了宣言。

彩人は意味が理解出来ず首を傾《かし》げると、匠がいつの間にか取り出していたスマホを見せてきた。

「あっ！」

そこには一時十分と表示されており、あと五分で昼休憩が終わる時間となっていた。

何故《なぜ》こんな時間になっているのかと彩人は焦り出したが、よくよく考えてみればお昼を食べて、鬼ごっこをして、水やりをしていればこれくらいの時間になるのは当たり前のことだった。

そのことに気が付いたところで、今度は匠がお返しとばかりにジョウロを掻《か》っ攫《さら》う。

「今日はご苦労。助かった。残りは放課後俺がやっておくからお前はもう帰れ。そっちの道を真っ直ぐ行けば一、二年の校舎に戻れるぞ」

次いで、労《ねぎら》いの言葉を掛けながら後輩がきちんと帰れるようフォローを入れる姿はまさに出来る生徒会長。

水の量を間違えて、情けなく腕を震わせていたのと同一人物とは思えない。

そのギャップに彩人の中の評価は爆上がり。

「あざっす。お疲れっした生徒会長。また暇な時手伝いに来るっすね！」

「来なくていい！」

「タハハ、嫌っす」

この人ならまた手伝いたい。

そう思った彩人は無理矢理《むりやり》手伝う約束を取り付け、急いで校舎へ戻るのだった。

◇

「もう最悪」

「莉里っち。ドンマイ」

「わ、私はその可愛《かわい》いと思うわよ」

時は少し流れて、五限が終わった後の十分休憩。

友人達に囲まれながら、莉里は頭を抱えていた。

原因は昼休みの一件。

彩人と海の反応から、自分に関する何らかの写真を撮られたというのは分かっていた。

だが、写真は昼休みに彩人が教室に戻ってきた頃には既に消されており、見ることは叶《かな》わなかったのである。

そこで仕方がないと諦めれば良かったのだが、どうしてもどんな写真だったのか気になった。

そこで、莉里は海にお願《脅》いしたのだ。

『どんな写真だったのか教えて？』

と。自分の出せる最高の笑み《暗黒微笑》を浮かべて。

そんなことをされれば海に言わないという選択肢はなく。

結果は先の通り。

自分に恥ずかしい癖があると知った莉里は盛大に爆発した。

当然だ。

幼馴染に一部とはいえ自分の気持ちが筒抜けだったのだから。

しかも、これを聞くまで上手《うま》く隠せていたと思っていただけにダメージは相当なものだ。

こうなってしまうのは仕方ないだろう。

「だから言ったのによ。知らない方がいいって」

そんな莉里の下に追い討ちを掛けるように、呆れ顔の彩人が合流してきた。

「……だって、あんなに隠されたら気になるに決まってるじゃん」

確かに彼の言う通りだった。

こうなるくらいなら知らない方が幸せだっただろう。

ただ、あそこまで過剰に隠されれば気になってしまうのは仕方がないとも言える。

「そんなお前にこの言葉を贈ろう。『好奇心は猫を』えっと、なんだっけ？　ド忘れした。神崎《かんざき》知らね？」

「はぁ、『好奇心は猫を殺す』ね。ことわざの中でもかなり有名なのに忘れるなんて、本当馬鹿ね」

「ぷっ！」

「アハハハ、相変わらず抜けてるなぁ。いとっちは」

「うっせぇな。急に忘れちまったんだから仕方ねえだろ」

とはいえ、彩人の言おうとしていたことわざ通り結局は莉里の自業自得。

この羞恥の熱は甘んじて受け入れるしかない。

が、何処《どこ》かの馬鹿な幼馴染が恥をかいてくれたお陰で多少マシになった。

話は完全に彩人の馬鹿トークに移り、莉里が完全とはいえないが立ち直った頃。

教室のドアをコンコンと誰かがノックした。

視線をそちらに向ければ、ドアが開き黒髪ロングの美少女が現れた。

「失礼します。春樹《はるき》君はいますか？」

彼女の名前は、白百合小雪《しらゆりこゆき》。

運送関連の企業を取りまとめる白百合グループの一人娘にして、莉里達が通う星羅《せいら》高校の生徒会副会長。

所作の端々からは気品が溢《あふ》れており、正義感が強く誰が相手でも物怖《ものお》じしない姿はまさに大和撫子《やまとなでしこ》。男女問わず生徒達から人気が高く、既に告白された回数は百を超えるらしい。

ただ、その全てを断っており、つい先日まで女性が好きなのでは？　とまことしやかに噂《うわさ》されていた。

しかし、その噂は少し前に否定された。

「あっ、小雪先輩。どうしたんですか？」

「春樹君。ちょっと話したいことがありまして。今から少々お時間宜《よろ》しいですか？」

「休憩時間中に終わるのなら僕は構いませんけど」

「それならば大丈夫です。二、三分程度で終わる話ですので。では、行きましょうか？」

「うわあっ！　急に抱きつかないでくださいよ先輩」

「嫌です。こうでもしないと春樹君成分を吸収出来ませんからね」

小雪は現在莉里と同じクラスに所属する西園《にしぞの》春樹という少年に惚《ほ》れているのだ。

それも、ただ惚れているのではなくベタ惚れ。

今までお淑《しと》やかで周りの目を気にしていた小雪が、春樹を見つければところ構わず抱きついたり、デートへ誘ったりするくらいと言えば如何《いか》に彼女が惚れ込んでいるのかが分かるだろう。

きっかけは図書室で一人作業している小雪を見かねて、春樹が手伝いをしてくれたこと。そして、本棚が倒れ押し潰されそうになったのを助けてくれたことらしい。

漫画の世界ならば王道の展開《シチユエーシヨン》だが、現実《リアル》ならば起きる方が稀だ。

惚れてしまうのも致し方ないだろう。

(相変わらずだなぁ、小雪先輩は。でも、昔の私もあんな感じだったんだよね。……あぁ、恥ずかしい)

だが、彼女を見ているとどうしても昔の自分を思い出してしまって。

落ち着いてきたはずの羞恥心が再燃。

「うぅ……」

「どったの？　莉里っち。……もしかして熱あるの？　保健室行く？」

また唸《うな》り出した莉里を見て、近くにいた朱李《しゆり》が小声で体調を心配してくれたが、それは完全に勘違い。

「大丈夫。ちょっと古傷が痛んだだけだから」

「アハッ、何それ。まぁ、元気なら良かった」

申し訳なくなった莉里は顔を上げ言葉を濁し状況を説明すると、彼女は心底おかしそうに笑った。

「補給完了です」

「長かったですね。あと少しで休憩終わっちゃいますよ」

「あら、それは大変です。急いで話をしなければ」

そうしている内に、小雪と春樹のイチャイチャが終わったらしく移動を開始。

教室を出るため莉里達の側《そば》を二人が通った。

すれ違い様、小雪の瞳がこちらに向き、目が合う。

その際、彼女の瞳に浮かんでいたのは警戒の色。

（何を警戒しているのだろう？）

同じ男を好きになっていた一度目の人生ならばまだしも、二度目の現在はこんな目を向けられる謂《いわ》れはないだろう。

そう思い、心当たりを探ったところ一つだけあった。

数日前に流れた噂だ。

噂の内容は、莉里が襲われそうになったところを春樹が助けたというもの。

これまで春樹に助けられた美少女は、例外なく彼に恋心を抱いている。

だから、新たな恋敵が増えるのではないかと小雪は警戒しているのだろう。

（私がそんな男にもう靡《なび》くわけないのに心配性だな、小雪先輩は）

その警戒は杞憂《きゆう》だと莉里は伝えようとしたが、小雪の視線は既に春樹の方へ向いていて。

面倒なことに春樹の視線は莉里に固定されていた。

ギリッと歯噛《はが》みする音が耳を掠《かす》めた。

「ゆっくりしていると休憩時間が終わってしまうので行きますよ」

「は、はい！　分かりました」

（最悪）

目に見えて機嫌を悪くし、春樹を連れて足早に教室を出ていく小雪。

誤解を解くどころかますます拗《こじ》らせてしまった莉里は「はぁ」と小さな溜息《ためいき》を吐《つ》いた。

第2章 私の

Ore no osananajimi ha Main heroine rashii

入学してから約一ヶ月。

高校生活にも馴染《なじ》み始め、交友関係が固まってきた頃。

本日のホームルームで月末に行われる体育祭に向けて、種目決めが行われていた。

「先《ま》ずは代表リレーに出る男女を一人ずつ決めるぞ。出たい人はいるか？」

「はいはい！　委員長、俺出たい！」

この日を誰よりも楽しみにしていた彩人《さいと》は、当然の如《ごと》く話し合いが始まってすぐに名乗りを上げる。

「水無月《みなづき》か。安心しろ。そんなに主張しなくてもお前は確定だ。クラスで一番足が速いからな」

「意義なし」

「やったぜ！」

体力テスト総合一位の彩人相手に反対する者はおらず、すんなりと男子の方は決定。

残りの女子の方へ話題が移った。

「女子の一番足の速い子って誰だ？」

「確か、綾瀬《あやせ》さんだったはず」

「六・九秒だもんね」

「ただ、今はちょっと難しいな」

「皆《みんな》ごめんね」

「怪我《けが》は誰にでもあるんだから仕方ねぇよ」

「そうそう。気にしちゃ駄目だよ」

「次に足速い子って誰だっけ？」

「分かんない」

「矢部《やべ》は？」

「私こう見えて結構遅いんだよね」

単純に考えれば、陸上部に所属する綾瀬のぞみという女子だった。

だが、彼女は昨日足を負傷したばかりで体育祭に出るのは難しい状況で。

クラスメイト達は次に足の速かった子を思い出そうとするが、中々名前が上がらない。

一位というのは記憶に残りがちだが、その次となると人間あまり覚えていないものである。

殆《ほと》んどの人間が首を傾《かし》げる中、一人の少女が手を挙げた。

「あの、多分私だと思う」

手を挙げたのは彩人の目の前。

幼馴染《おさななじみ》の街鐘《まちがね》莉里《りり》だった。

「ええ、街鐘さんって運動出来るのは知ってたけどそんなに足速いの⁉」

「う、嘘《うそ》だろ、ありえねぇ」

「どこ見て言っとんじゃ⁉　変態共！」

「「ぎゃあああ――――！」」

それにクラスは騒然。

元々文武両道のイメージはあったが、彼女が持つ大きな重しから運動はそこそこだと勝手に思われていたのである。

「むふふ、そうなのだ。莉里っち。ナイスバディなくせに足も速いのだ。どうだ、驚いたか」

「もう、朱李《しゅり》ちゃんも揶揄《からか》わないで！　恥ずかしい」

本人もそのことを自覚していたらしく。

周りの目から少しでも晒《さら》されないよう身体《からだ》を縮こめた。

「ゴホン。街鐘さん、立候補感謝する。一応確認なんだが五十メートルは何秒なんだ？」

そんな状況を見かねた委員長が、莉里のタイムについて尋ねる。

「七・三秒」

「めっちゃ速いじゃん」

「ウチよりも二秒も速いだと」

「……三秒差……です？」

「瑞樹《みずき》ちゃん！　理不尽だと思うのは分かるけど気を確かに」

彼女のタイムは男子から見てもかなりのもので。

一部の女子生徒はショックを受けていた。

「この反応を見るに街鐘さんよりも速い者は居なそうだな。というわけで、代表リレーは水無月と街鐘さんで決定だ」

「「「パチパチパチパチ」」」

勿論《もちろん》、このタイムを出されれば異を唱える者は居らず莉里の出場が決まった。

「では、次に二人三脚のメンバー決めに移る。出たい者はいるか」

「「はいはいはいはい!!」」

最初に一番重要な種目があっさりと決まったからだろう。

クラス内の雰囲気が緩くなり、次の種目は数多くの男子生徒達が手を挙げた。

まぁ、二人三脚という女子とペアを組める唯一の種目だからなのかもしれないが。

とりあえず、活発になることは良いことだ。

「まさか莉里とリレーに出ることになるなんてな」

騒がしくなった教室を眺めながら、彩人は感傷に浸る。

それは幼馴染の少女も同じだったようで、こちらへ振り返り「ねっ」と同意した。

「昔のお前めっちゃ足遅かったのになぁ」

幼い頃の彼女は本当に運動が苦手だった。

何をするにも動きがぎこちなく、そもそも身体を動かすのに慣れていない、そんな感じだった。

鬼ごっこをすればあまりに差があって逆に姿を見失うレベル。

昔の自分に『高校で莉里と代表リレーに出ることになった』と、言っても、絶対に信じないだろう。

「それが今やクラスで二番目の速さだよ。どう？　凄《すご》いでしょ」

「あぁ、スゲェよ。何でこんな速くなったんだ？」

そんな彼女が今や自分と同じ舞台にいる。

一体どんなことが起きたらここまで成長出来るのか気になった彩人は、これまでのことについて尋ねた。

「特別なことは何もしてないよ。前も話したけど、柔道を習い始めた時に彩人が朝走っているって聞いたから、私もお父さんを連れてちょくちょく走るようになっただけ」

「へぇ～、それであんな変わるもんなのか」

彼女から語られたのはありきたりなもの。

彩人が知り合い《やっ》ているから始めた。


それでここまで変わるということは元々素質があったのだろう。

容姿、頭脳、運動能力その全てがハイスペック。この幼馴染は本当神様に愛されている。

ほんの少しくらい彩人にも分けて欲しいと思うくらいに。

「お陰様で昔は出ていたお父さんのお腹《なか》は良い感じに引っ込んでるよ」

「そういえば、雅紀《まさのり》さん昔太ってたな。くそ、なつ」

ただ、そんな彼女の眠っていた才能が自分のお陰で目覚めたと言われれば悪い気はしない。

単純な彩人は変に嫉妬をすることもなく、和やかに幼馴染との思い出トークに暫《しば》し花を咲かせるのだった。

「というわけで、最終メンバーこんな感じだ。各自忘れないように自分の種目をメモするか写真に撮っておけ」

「写真を撮るのは私が出ていってからにしてくださいね。授業中の携帯電話の使用は校則違反なので。見つけたら叱らないといけません」

「「「はーい」」」

色々な話し合いを経て、LHRも終わり間際。

ようやく、種目決めが終わった。

黒板に書かれている内容はこうだ。

――『代表リレー』彩人、莉里。

――『借り物競走』彩人、海《かい》、朱李、ミナカ、他十六名。

――『綱引き』彩人、海、春樹《はるき》、他二十一名。

――『二人三脚』彩人、春樹、莉里、ミナカ、他十六名。

――『台風の目』彩人、朱李、他十八名。

学校行事とはいえ勝負事。

勝ちにいくため、クラスが出した答えは身体能力お化け《フィジカルモンスター》の彩人に全種目出場させること。

最初は色々とバランスを考えていたのだが、話し合っていくうちに『大体水無月が出れば良い感じになるくね？』という結論に至ったのだ。

ルール上、ありなのかと問われればありだ。

最低一人二種目以上の参加は義務付けられているが、それ以上参加してはいけないとは書かれていない。

そんなわけで、体育祭当日彩人は大忙しとなることが確定したのである。

「よっしゃ！　練習頑張るか」

クラスメイト達から期待されているとなれば、俄然《がぜん》やる気が出る。

彩人はチャイムが鳴ってすぐ、体操服を掴《つか》んで教室を飛び出した。

次の授業はお待ちかねの体育だ。誰よりも早く参加するため彩人は足早に更衣室に向かう。

「白百合《しらゆり》先輩ちっす」

「こんにちは、水無月君」

道中、見知った顔があり彩人は足を止め声を掛けた。

その相手は小雪《こゆき》。

彩人から見て一つ上の先輩で、普段はお淑《しと》やかだが春樹のことになると周りが目に入らなくなるおっちょこちょいな美人さん。

よく一人で作業をしたり、物を運んでおり、それを手伝うとジュースを奢《おご》ってくれる良い人だ。

いつもの如く小雪は大きな段ボール箱を運んでいた。

「今日のは重くないんすか？」

一見してかなり重そうなので、彩人は手伝いを申し出る。

別にジュースが欲しいからというわけでは決してない。純粋な善意からだ。

「そうですね。水無月君にとっては残念ながら。見た目に反してとても軽いですよ」

「……そっすか」

「ふふっ。ですが、ちょっと私には大き過ぎて前が見えにくいんですよね。何処《どこ》かに私より背の高い親切な方はいませんか？」

「運ばせてもらいます！」

だが、彩人が質問したところで小雪にはバレバレ。

良いように踊らされてしまったような気はするが、ジュースがもらえるのなら問題なしだ。

彩人は小雪から段ボール箱を受け取った。

言っていた通り、見た目に反してかなり軽い。

何が入ってるのかと尋ねれば「秘密です」とはぐらかされてしまった。

おそらく、体育祭に使う何かが入っているのだろう。

体育祭の運営には生徒会も大きく関わっていると聞いたことがある。

生徒会副会長の彼女が、この時期に運んでいるとなれば間違いない。

どんな物が入っているか気になるが、直近で好奇心に負けて痛い目を見た幼馴染を思い出し流石《さすが》に自重した。

「そういえば、白百合先輩は会長と仲良いんすか？」

運んでいる道すがら、丁度いい話題を手に入れていたので小雪にそれを振る。生徒会長と副会長と言ったらそこそこ親密になるイメージがあるので、話が弾むだろうと思って。

「会長とですか？　普通だと思いますよ。どうしたんですか急に？」

「いや、昨日初めて生徒会長と話したんで。その繋《つな》がりで何となく気になって」

しかし、返ってきた反応は意外なことに淡白なものだった。

もう少し良い反応が返ってくると思っていただけに、彩人は少し拍子抜けした。

まぁ、よくよく考えてみれば小雪からしてみれば匠《たくみ》は一つ上の異性の先輩だ。歳《とし》や性別が違えばこういうこともあるだろう。

「そうですか。……では、水無月君から見て会長はどんな風に見えましたか？」

空振り気味となってしまったが、小雪は話を続けてくれるようで。

「良い人っすね。真面目で面倒見よさそうだし。ただ、不器用な人だとも思ったっす」

「不器用ですか？」

彩人が小雪の質問に答えれば彼女は意外そうな顔をして聞き返してくる。

「うっす。個人的には素直になりきれないところが特にそう思ったっす」

「なるほど？　……私にはピンと来ませんが水無月君が思ったんならそうなんでしょうね。意外な一面を知りました」

「結構分かりやすいっすよ、あの人」

どうやら匠について小雪はあまり詳しくないらしい。

彩人よりも付き合いがあるだろうから知っていると思ったが、生徒会長様は案外取り繕うのが上手《うま》いようだ。

個人的には割と簡単にボロを出していてたのであまりそうは思えないが。

「あっ、ここです。そこの机の上に置いてください」

「うっす」

会長を崩す方法を小雪に伝授しようかなんて、悪巧みを考え始めたところで目的地に着いてしまった。

話はこれにて一旦終了。

彩人は言われた通りの場所に段ボール箱を置くと、小雪が頭を下げた。

「ありがとうございます。お陰様で助かりました」

「いえいえ、こんくらい大したことないっすよ。頭を上げてください」

「水無月君は優しいですね」

「……そんなことないっすよ」

彼女からの称賛が辛《つら》い。

彩人の魂胆などとうの昔に見透かされていると分かっているのだが。

表向き、彼女が困っているから助けたことになっているだけに後ろめたいものがある。

小雪の顔を真正面から見るのが居《い》た堪《たま》れなくなった彩人は思わず目を逸《そ》らした。

「ふふっ……（本当に分かりやすいですね、水無月君は。まるで、子供みたいです。だからこそ、下心があると分かっていても嫌な気分にならないのでしょう。不思議な子です）どうかしましたか？」

「いや、何でもないっす」

揶揄《からか》いを含んだ笑い声が聞こえたのでチラッとそちらを窺《うかが》えば、彼女はこちらを見て楽しそうに笑っていた。

あの顔は確信犯だ。間違いない。

小雪は自分が困っているのを見て確実に楽しんでいる。

「いつものジュース頼んます」

となれば、もう取り繕う必要はない。

彩人はそう言って教室を出ようとすると、彼女は残念そうな顔した。

「あら、もう終わりですか。もうちょっとだけ楽しみたかったのですが」

「良い性格してますね、白百合先輩」

「よく言われます」

まだ後輩で遊ぼうとしていた小雪に皮肉をぶつけるが効果はなし。

彼女は楽しそうにコロコロと笑うだけ。

彩人はこの日年上の怖さを身をもって痛感した。

あと、あまり嘘《うそ》をつくのも良くないことも。

「では、お疲れ様です。お昼にお礼を持っていきますね」

「ういっす。お疲れっした」

することもなくなったので小雪と彩人はその場で解散。

ほんの僅かな時間でドッと疲れたような気がするが、この後に控えた体育祭練習のことを思えば幾分かマシになる。

彩人は人波をかき分けながら、再び更衣室を目指した。

「うぃーす」

「あれ？　水無月君。今来たんだ。一番最初に教室を出たのに遅かったね」

更衣室に入ると、丁度クラスの男子達が着替えており、体操服に首を通した春樹が目をまんまるとさせ出迎えた。

「途中で、白百合先輩を見つけてな。荷物運ぶの手伝ってた」

「なるほど。それなら仕方ないね」

「……ずるい。僕もジュース欲しかった」

遅れた事情を説明すると春樹はすぐに納得し、海は羨ましそうな声を上げた。

「なら、今度見つけたら海が手伝えよ。しばらく俺はいいわ」

先の一件がなければ『良いだろ』と無邪気に自慢していただろう。

しかしながら、今の彩人にそんなことをする余裕はない。

疲労を滲《にじ》ませた声で投げやりに答えると、友人達はギョッと目を剝《む》いた。

「……何があったの？」

何があったのかと聞いてきたが、真面目に説明するのも億劫《おっくう》で。

ただ一言「まぁ、色々とあったんだよ」と伝えれば、流石は友人。

「あはは、とりあえずお疲れ様」

「……おつかれ」

それ以上は何も聞かず、ただ労《ねぎら》いの言葉を掛けてくれた。

疲れたメンタルにそれが酷《ひど》く染み渡る。

「ありがとな」

彩人は短くお礼を言い、いそいそと体操服に着替え始めるのだった。

◇

「というわけで、今日は二人三脚と台風の目の練習をする。先《ま》ず、二人三脚のメンバーはここに残れ。やることの説明をする。それ以外の奴《やつ》らはあっちの方に集まっておいてくれ。後で、そちらにも説明に行く」

準備体操を終えたところで、体育教師が本日の練習内容について説明を始めた。

練習のない生徒は指示通り木陰に移動し、自《おの》ずと二人三脚に出る生徒達だけが残った。

「よし。これが二人三脚に出るメンバーだな。お前らにはペア決めをしてもらう。色んな人とペア組んでみて誰が一番やりやすかったか決めてもらう。いいな？」

「「「はい!!!」」」

「えぇ～」

「普通に嫌なんだけど」

残されたメンバーに課されたのはペア決め。

何となくするだろうなとメンバー全員察していたが、まさか総当たりでするとは思っておらず不満の声が一部で上がった。

しかし、そこは流石ベテラン教師。

『やらないならお前の体育の単位はなしだ』

単位を笠《かさ》に生徒を無理矢理《むりやり》納得させていた。

メンバー一同が大人の汚さを学んだところでペア決めが開始。

彩人は春樹と一緒にキョロキョロと辺りを見回し、ペアになってくれそうな女子を探す。

莉里の方に行かないのは単純に彼女のもとに男が群がっているから。

あの中に交ざっていては練習の時間が勿体《もったい》ないと判断したからである。

「春樹、やるです」

先にペアが見つかったのは春樹。

彼の幼馴染《おさななじみ》である小柄な美少女である藍園《あいぞの》瑞樹が、群がっていた変態共《ロリコン》を押し退《の》けペアを組みに来たのである。

「……あはは」

そんなことすれば、当然瑞樹に群がっていた男達が春樹の方を殺意の籠もった目で睨《にら》みつけてくるわけで。

春樹は乾いた笑い声を上げていた。

とはいえ、このような状況は今まで何度も体験しているからだろう。

「いいよ。だけど、僕とやった後はちゃんと他の皆《みんな》とやるんだよ」

「……善処するです」

「うおおぉぉ――！　流石は西園《にしぞの》分かってるぅぅ――！」

「ふ、ふん。瑞樹たんを説得した功績として今回だけは許してやるでござる」

春樹は、他の男子とやることを条件に瑞樹とのペアを了承。

瑞樹もロリコンも同時に納得させていた。

（うめぇな）

「……上手く捌《さば》いたわね」

「あ」

心の中で、友人の神対応に舌を巻いていると隣から似たような感想が聞こえてきた。

視線をそちらに向ければ、莉里の友人であるミナカが少し離れたところにいた。

何となしに彼女の方を見ていると目が合い、しばらく沈黙が流れる。

が、やがて耐えきれなくなったのか、ミナカが怪訝《けげん》そうに顔を顰《しか》め閉ざしていた口を開いた。

「……なに？」

紡がれたのは疑問の二文字。

「いや、まだペアを組めてないんだなって思って」

それに対して彩人が思っていたことを口にすると、「喧嘩《けんか》売ってるの？」と睨まれてしまった。

彩人としては怒らせるつもりなど一切なかったのだが。

日本語というのは難しい。

彩人は肩をすくめた。

「別にそんな意図はねぇよ。何となく神崎《かんざき》ならしれっとペア組んでそうだなと思っただけ

「そっ。生憎《あいにく》とそんな人はいなかったわ。男子は殆《ほとん》ど莉里ちゃんと瑞樹ちゃんに夢中だから」

悪気がなかったことを説明すると、ミナカの眉間に寄っていたシワがとれる。

（なんかちょっと雰囲気柔らかくなったか？）

彩人としてはその反応は意外だった。

何故《なぜ》なら、ミナカは男嫌いで特に彩人のことを目の敵にしていたから。

きっと、少し前のミナカなら理由を説明したとしても『本当かしら？』と疑って、ずっと睨んできていただろう。

一体何がきっかけでこうなったかは分からないが、あの頃を鑑みれば間違いなくマシになっている。

「まぁ、あの二人に比べたら一段か二段は霞《かす》むもんな」

今のミナカとなら楽しく会話が出来るかもしれない。

そんな淡い期待を胸に冗談を言ってみると「ふんっ」と容赦のない蹴りが飛んできた。

「いでっ、冗談だろ。真に受けんなよ」

「女の子には冗談でも言って良いことと悪いことがあるのよ！」

「それはすまん。神崎もあの二人とタメ張れるほどとは言わんが、顔は整っている方だと思うぞ」

「フォロー遅過ぎるし下手《へた》くそ過ぎ！」

「いでっ！」

前言撤回。

やっぱり、楽しく会話をするのは無理かもしれない。

そもそも気難しい性格のミナカと子供な彩人とでは相性が悪いようだ。

「はぁ、それより莉里ちゃんのところ行かなくていいの？」

会話が嫌になったのか、ミナカは莉里のところへ行かないのかと聞いてくる。

言われて、彩人は再び莉里の方に視線を戻すとあいも変わらず囲まれていた。

「あの人だかりの中行くのはなぁ。どうせ全員とやるんだし今じゃなくてもいいだろ」

「バカ月はそれでも莉里ちゃん幼馴染なの？　困っていることくらい分かるでしょ」

「まぁ、そんくらい流石《さすが》に分かるけど。莉里ならあんくらい大丈夫だって。本気で嫌になったらそのうちぶん投げるだろ」

確かに今の莉里は複数の男子達から声を掛けられて困っているだろう。

だが、あれは授業の都合上避けては通れないことだ。

いちいちフォローをしていてはキリがないし、そもそも昔の莉里ならいざ知らず今の彼女なら問題ない。

あの程度余裕であしらえるはずだ。

それなのに、今手助けに行くのは少々過保護が過ぎる。

彼女を成長させるために今は放置しておくのがベストだ。

困っている幼馴染をあえて突き放す彩人にミナカはどこか納得のいっていないような顔をしたが、やがて大きな溜息《ためいき》を吐《つ》いた。

「はぁ……。本当に幼馴染なのね。バカ月と莉里ちゃんって」

「なんだ、あんだけ莉里と俺が言ってたのにまだ信じてなかったのかよ？」

今更ながら彩人と莉里が幼馴染ということをミナカは再認識したらしい。

まぁ、彩人と莉里の距離が近いため彼氏彼女の関係だと勘違いされることもあるので仕方ないといえば仕方ないが。

ただ、あれだけ幼馴染トークをしていたのに信じられていなかったということに呆《あき》れてしまう。

「ちょっとだけね。催眠術か何かで莉里ちゃんを騙《だま》しているのかと思ってたわ」

「何言ってんだお前？」

その上、信用しきっていなかった理由があまりにも非現実的で、冗談だと分かっているが流石の彩人も畜生だと思われていたと思うと腹が立つ。

「冗談よ」

ていた。

ミナカと話が一区切りつき、時計を眺めてみればペア決めが始まってから五分が経過していた。

「結構時間経《た》ってるし、俺らもそろそろペア組んで練習すっか」

一度思いっきり蹴りの素振りをすると、慌てた様子でミナカが謝ってきた。彼女の珍しい姿が見られたことで彩人の溜飲が下がり、何とか女の子を蹴らずに済んだ。

「私が悪かったからやめて!」

「俺も蹴っていいか?」

もうそろそろ練習しないと不味《まず》い頃合いだ。

彩人は一番近くにいたミナカをペアに誘うと、理解が追いついていないのか彼女はキョトンと間抜けな顔を晒《さら》す。

「正気? 貴方《あなた》私のこと嫌じゃないの?」

「別に。嫌じゃねえけど」

まさか、辛《つら》く当たっていた相手から誘われると思ってなかったのだろう。

彼女は信じられないものを見るような目を向けてくる。

ただ、彩人としては正気も正気。大真面目だ。

そもそもの話、ミナカのことは嫌いではない。

あの警戒心の強い莉里が友人に選んだのだ。

悪い人間でないことは分かっている。

確かにキツイ言葉を何度も浴びせられたが、事前に男嫌いという話を聞いていたので子犬に吠《ほ》えられた程度にしか思っていない。

だから好感度自体はそこまで低くない。

初期値より少し低い程度だ。

これくらいなら別にペアを組むくらい余裕で出来る。

取り繕うことなくそのことを伝えれば、ミナカは「……そう」と短く返事した。

反応を見るに戸惑っているようだ。

まぁ、つい先程まで嫌われていると思っていたのだ。

そう簡単に割り切れるものではないだろう。

しかし、そんなことは知ったことではない。

何故なら彩人達にはやらなければならない理由があるのだから。

「何悩んでるんだよ。全員とペア組まないと今期の体育落単だぜ？」

体育教師を指差し得意げに笑えば、

「クスッ。そういえばそんなこと言ってたわね。単位を落としたくないから、特別に組んであげる」

つられてミナカも困ったように笑った。

　こうして、二人はペアを組んで二人三脚をすることになったのだが、そこで予想外なことがあった。

「行けるか？」

「えぇ、大丈夫」

「よし。じゃあ、俺は一で右足。二で左足で行くぞ」

「「せーの!!　一、二。一、二。一、二。一、二。」」

「なんか良い感じじゃね？　俺ら」

「ええ、悔しいけど。物凄《ものすご》く息が合うわね」

　それは、彩人とミナカの相性がびっくりするくらい良いこと。

　クールと熱血。

　真逆の性格をしている二人の息は合わないだろうと思っていたのだが、これが嘘《うそ》みたいに嚙《か》み合う。

　否《いや》、息が合っていないからこそ嚙み合っているのだ。

　彩人が右足を出すタイミングでミナカが左足を出す。

　特に意識をしているわけでもないのに、自然とこれが出来ているため驚くほどやりやすかった。

「こんだけやりやすいと楽しいな。とりあえずもっとペース上げてグラウンド一周しようぜ」

　これなら一位を取るのも夢じゃない。

　そう思っていると一つ致命的な弱点が発覚した。

「ハァハァ、このペースでもキツイから上げるなら半周にして頂戴。一周は絶対無理」

「えぇ、体力ねぇな」

「体力馬鹿のバカ月と一緒にしないでくれる？　私はアウトドア派じゃなくてインドア派なの。貴方みたいに体力があると思わないで頂戴。あぁ、もう。話しながら走っていたせいでかなりキツイわ。ゼェゼェ、ここら辺でやめない？」

「インドア派とはいえ流石に体力なさ過ぎるだろ！　分かったよ。あそこの木陰に入ったら止まるぞ。いいな？」

「ゼェゼェ、えぇ、分かったわ」

　それは、ミナカの体力が壊滅的にないこと。

　五十メートルちょっと軽く走った程度で音を上げるミナカに彩人はドン引き。

　息は合っても速度が出ないのでは意味がない。

　足の速い彩人はもう少し足の速い女子とペアを組んだ方がいい、という結論に至りミナカと彩人のペアはお蔵入りになった。

「ゼェゼェ。もう、むり」

「神崎は、この調子で体育祭大丈夫か？」

「だいじょうぶ。いまさっきとうじつにたいちょうふりょうのよていをいれたから」

「いや、それは駄目だろ？」

「あの、水無月君良かったら私達とも練習してくれない？」

「ん？」

練習開始早々に体育祭を休もうとしているミナカへツッコミを入れていると、クラスの女子達から声を掛けられた。

「別に良いけど。何で俺なんだ？　春樹もいるだろ？」

練習をするのは確定事項なので構わない。

だが、男子の殆《ほとん》どが莉里と瑞樹のもとにいるとはいえ彩人以外にも春樹がいるのに、何故自分のところにだけ来るのか分からず問い返す。

「西園君はね～、なんか取り込まれそうで怖いから嫌なんだ～」

「そうそう、胸とかお尻触られそうだよね」

「わざとじゃない分余計タチが悪いわ」

「近づくと瑞樹ちゃんに睨《にら》まれるのもあるね」

「あの美少女達と比べられるのもキツイで」

「西園君、瑞樹ちゃんや白百合先輩や街鐘さん以外だとどこか安心したような顔するから嫌い」

「それに西園君は街鐘さんのところ行ってるから誘えないんだよね」

「ははっ。散々な言われようだな、春樹の奴《やつ》」

女子達曰《いわ》く、春樹が起こした女関係のトラブルや日頃の行いから全員が全員、思うところがあって躊躇《ちゆうちよ》しているとのこと。

ここは友人としてフォローしてやりたいが、春樹がトラブル体質でよく問題を起こしたり、巻き込まれたりするのは事実だ。

しかも、それが大体女性関係となれば女子としては近づき難《にく》いのも分かる。

結局、どうフォローしていいのか分からず彩人は乾いた声を上げるしかなかった。

「その点、水無月君は街鐘さんの幼《おさな》馴染《なじみ》だけあって安心だよね」

ある程度春樹についての評価が終わったところで今度は彩人の評価に移った。

「そうそう。変な目で私達のこと見ないし」

「身体《からだ》にも触ってこないし」

「女関係のトラブルもない」

「まぁ、ちょっと子供っぽいところはあるけど」

「エロガキっていうかクソガキって感じだから、愛嬌《あいきよう》はあるよね〜」

「弟の友達って感じだよな」

「「分かる～」」

「お前ら人を褒めたいのか、馬鹿にしたいのかどっちなんだよ!?」

「勿論《もちろん》、褒めてるよ。良い意味で」

「なら、いっか」

「貴方……ほんとうそういうところよ」

彩人に対する女子からの評価は思ったよりも良かった。

そのことに安堵《あんど》の息を吐くと、隣にいるミナカは何故《なぜ》だか呆れていて。

首を傾《かし》げると周りからクスクスと笑い声が上がった。

◇

一方その頃。

彩人が女子達と和やかな空気になっているのとは対照的に、莉里の方は最悪だった。

「……よろしく」

「………………」

理由は、ずっと避けていた元カレの春樹とペアを組む番が回ってきたから。

何とか組まないように時間を稼ごうとしたのだが、幼馴染以外の男から肩を組まれるととてつもない嫌悪感に駆られて無理だった。

ついつい、走り出してすぐにバレないよう相手を転がし、『私達相性が悪いみたいですね』と高速でトドメを刺して回ったのだ。

結果、莉里のもとにいた五人はあっさりと居なくなり春樹だけが残ったのである。

正直に言えば組みたくない。

春樹が一度目の記憶を持っていないならまだしも、莉里同様にタイムリープをしているから余計に嫌だ。

浮気したクソ野郎の相手など真っ平ごめんである。

「あの、よろしく」

「はぁ、不愉快だから喋《しゃべ》らないでくれる？」

「すいませんでした」

「喋らないでって言ったよね？」

「ふぉふぇんふぁふぁい」

「口を塞いだ状態で謝らなくて良い。キモいから。本当黙ってて。適当にやって適当に終わらせるわよ」

「…………」

とはいえ、授業の都合上やらないといけないわけで。

莉里が仕方なしに紐《ひも》を結び始めると、春樹は頬《ほお》を僅かに緩めたがそれも一瞬のこと。

肩に手を回そうとしたタイミングで「汚れるから触らないで」と、冷たい言葉を掛ければあっさりと意気消沈した。

「あの塀まで軽く走るわよ」

「……」

準備が整ったところで春樹に声を掛ければ、彼は準備万端だと頷《うなず》く。

それを確認した莉里は「せーの」と合図を出して走り出した。

走ってみると、悔しいことに歩調が合う。

当然と言えば当然だった。

春樹は仮にも莉里の元彼氏で一度目の体育祭でペアを組んだのだ。

その際に何度も何度も転びながら練習をしていたので、春樹は莉里のリズムをよく知っている。

ただ、相手がどのタイミングで戻ってきたのかは分からないが、少なく見積もっても五年近く前の話。

かなりの年月が経《た》っているにもかかわらず、未《いま》だに覚えている春樹に、そして自分に嫌気が差す。

転ばせてやろうかな？

なんてことが頭を過《よぎ》ったが、面倒なことに春樹はラッキースケベ体質。

余計なことをすれば、身体の何処《どこ》かを触られる可能性があると冷静になり踏みとどまる。

「はい、終わり。じゃあね」

それから特に何かが起こるわけでもなく、無事走り切ることが出来た。

莉里は結んでいた紐を手早く解《ほど》くと、春樹の顔を見ることなく別れを告げたところで呼び止められた。

「待って」

「なに？」

心底鬱陶しそうな顔をしながら、莉里は春樹の方を向く。

彼はウッと小さく怯《ひる》んだが、すぐに真っ正面から見つめ返してきてこう言った。

「ありがとう」

と。

「そっ」

何に対して言っているのかおおよそ察しはついた。

だが、別にこれは春樹に気を許したとかそういうわけではない。

授業だから仕方なく。

何より、彩人に変な気を遣わせたくないという莉里の我儘《わがまま》だ。

お礼を言われるほどのことではない。

というか、するな。

いちいち対応が面倒くさいから。

しかし、それを素直に口にするのは憚《はばか》られ、莉里は短く返事をするだけに留《とど》めた。

視線を前に戻し、莉里は幼馴染の姿を探す。

長いこと待ち侘《わ》びた時間がようやく訪れると思うと、胸が高鳴る。

先程までの嫌な出来事を思考の隅へ追いやり、あの幼馴染をどう意識させてやろうか？

なんて考えていると、信じられない光景が飛び込んできた。

「きゃっ⁉」

「あっ、悪い。大丈夫か？」

「う、うん。お陰様で。ありがとう。水無月君って細いのに意外と筋肉質だよね」

「まぁ、鍛えているからな」

「……すごい。カチカチだ」

「くっ、くすぐったいから触るんじゃねぇ」

「なるほど、ここが弱いんだ～。ウリウリ」

「くっ、くく！　マジ、止《や》めろ。くっ」

彩人が女の子が転びそうになったのを片腕で咄嗟《とっさ》に抱き留め、その後イチャイチャし始めたのだ。

「は？」

激しい嫉妬の炎が莉里の中に灯《とも》る。

――ズルい。

――こっちは組みたくもない男子とつまらない時間を過ごしていたのに。

――他の皆《みんな》は彩人と組んでたなんて許せない。

――私も彩人に抱き留められたい。

――彩人の身体に触れたい。

――彩人が笑いを堪《こら》えて悶《もだ》える姿を間近で見たい。

――そこは私の場所だ。

――だって、彩人は私の幼馴染《もの》なんだから。

醜い感情が溢《あふ》れ出す。

激情のままに彼のもとへ駆け出したい。

だが、それは駄目だ。

何故なら、莉里と彩人の関係は幼馴染であって恋人ではない。

束縛する権利など持ち合わせていないし、そもそも自由を好む彼にそんなことをしてしまえば嫌われてしまう可能性がある。

――嫌だ。

――それだけは絶対に嫌だ。

――でも、渡したくない。

――私のものだと証明したい。

そんな精神年齢にそぐわない幼稚な葛藤をしていると、上に羽織っていたジャージのポッケからリップが落ちた。

（はぁ、今日は本当についてないや）

面倒なことばかり起きて気が滅入《めい》っている莉里はうんざりとした様子でリップを拾う。

別に唇は乾燥していないが、何となく手持ち無沙汰になった莉里はリップを口に塗った。

ただ、何も考えず手癖でやっていたせいか手元が僅かに狂い、口端をはみ出してしまう。

莉里はティッシュを使ってそれを拭った。

拭った部分を見てみると、桜色に染まっていて。

現在自分の姿を見ることの出来ない莉里は、まだ残っているのではないかと不安になりもう一度拭う。

失敗した跡が残らないよう念入りに。

「あっ」

次の瞬間、莉里の頭で何かが弾《はじ》けた。

「ふふっ」

すると、不機嫌そうな表情から一変。

まるで、悪戯《いたずら》を思いついた子供のように莉里は顔を輝かせる。

（これなら彩人にもバレずに出来るかも）

少し先の未来を想像して莉里は密《ひそ》かにほくそ笑んだ。

それから時は流れて、昼休憩。

いつものように莉里が屋上で弁当を食べていると、対面に座る幼馴染の少年が船を漕《こ》ぎ始めた。

「お疲れだね」

莉里がそのことを揶揄《からか》い交じりに指摘すると、彩人は「……ああっ」と眠そうに目をこすりながら返事をする。

ニヤリ。

莉里はそれを見て口角を上げたが、眠気マックスの彩人が気付くはずもなく。

「今日は色んな女子と二人三脚したからな。転ばないようテンポを合わせるのにめっちゃ気を遣って……ふぁ〜、疲れた。……ちょっと仮眠するから二十分後に起こしてくれ」

「分かった」

「くかー」

昼休みが終わるギリギリに起こすよう頼むと呑気《のんき》に夢の世界へ旅立った。

「ふふっ」

予定通り。

この幼馴染《おさななじみ》は午前中に激しい運動をしたり脳を酷使したりすると、昼に仮眠を取る習性があるのだ。

しかも、その間は大きな声を出したり、揺らしたりと相当なことをされない限り目を覚まさない。

言い換えればそれ以外の些細《ささい》なことならしても目が覚めないということ。

「……彩人は私の幼馴染なんだから、勝手に私の側《そば》を離れちゃ駄目だよ」

莉里はリップの蓋を取り小さくそう囁《ささや》くと、眠る彩人の首裏にマーキングをした。

『売約済み』

と。

ギリギリブレザーで隠れて見えるか見えないかの位置に刻み込んだ。

これが今の莉里に出来る精一杯の主張。

誰にも見られない可能性はあるがそれで良い。

これは醜い嫉妬心を解消するための自己満足なのだから。

ただ、一つ欲張るならばこの言葉通り一生自分に売約されていて欲しいと莉里は願った。

第3章 違和感

Ore no osananajimi ha Main heroine rashii

体育祭まであと二週間を切ったとある日の放課後。

代表リレーメンバーである彩人《さいと》と莉里《りり》は招集を受け、グラウンドにやって来ていた。

この頃になるとグラウンドの景色も変化を見せ始め、チラホラとテントが立っているのが散見される。

その内の一つ。

体育祭運営本部と書かれたテントに彩人達は足を踏み入れた。

「こんちはっす。一年三組の水無月《みなづき》彩人っす。今日はよろしくお願いします」

「こんにちは、同じく一年三組の街鐘《まちがね》莉里です。本日はよろしくお願いします」

「お前か。よく来たな」

「生徒会長！　お久しぶりっす」

二人を出迎えたのは一週間前に彩人が出会った生徒会長の匠《たくみ》。

本日の装いはこれまた珍しいことに制服ではなく体操服。

知的な匠が短パンを穿《は》いているのはなんとも言えないアンマッチさがあった。

「似合ってねぇっすね。体操服」

「本当にお前は失礼な奴《やつ》だな」

素直にそのことを伝えると、匠は相変わらずな彩人の様子に呆《あき》れ顔《がお》。

二人の中では何てことないやり取り。

だが、傍《はた》から見ていた少女からすればそうではなかったようで。

「ごめんなさい！　ウチの馬鹿が。年上のしかも生徒会長相手に何言ってるの、彩人⁉」

莉里は顔面を蒼白《そうはく》にして謝ると、彩人の頭を右手で押さえてきた。

「うぎっ、無理矢理《むりやり》頭押さえるの止めろ。別にこんくらいじゃ生徒会長は怒んねぇよ」

「だとしても失礼でしょ！　謝りなさい」

突然のことに彩人は不満に思いながらも、幼馴染の誤解を解こうと弁明する。

しかし、失礼なことを言っているという事実は変わらないため、莉里は依然として謝るよう促してきた。

こうなると莉里は頑固だ。

彩人が謝るまで頭を押さえ続けるだろう。

流石《さすが》に面倒なので、抵抗を止め大人しく頭を下げた。

「すいませんっした」

「こら、ちゃんとした口調で謝りなさいよ」

ただ、謝罪の言葉がお気に召さなかったらしく、莉里はまたちゃんと謝るように言ってきた。

妥協した上での一回目。

二回目ともなるとかなり腰が重い。

彩人はどうにかしてくださいと匠に助けを求めれば、幸いなことに意図が伝わったようで『仕方がないな』と目で返事をしてくれた。

「別にいい。水無月の言う通り俺は気にしてないからな」

「ですが」

「こう見えてお前の幼馴染は弁《わきま》えるところは弁えている。それは付き合いの長い街鐘さんなら分かっているだろう?」

「……たまに誤ってラインを越えますよ」

「くくっ、だろうな。その時は今よりもキツく叱ってやれ」

「分かりました」

(おぉ、流石は生徒会長。いや、流石は宝城《ほうじょう》グループの御曹司《おんぞうし》といったところか。上手《うま》く莉里を言いくるめたぞ)

巧みな話術で見事莉里の怒りを鎮めた匠に彩人は心の中で称賛を送る。

二人の間に交わされた不穏な約束を聞かなかったことにして。

「そういえば、受付しろって言われて来たんすけど、何すればいいっすか？」

匠の体操服姿が衝撃的で忘れていたが、彩人達がここにやって来たのは受付を済ませるため。

どうすればいいか尋ねると、匠は一瞬後ろを向き一枚のプリントとペンを机に置いた。

「この表に名前があるだろ。名前の横に印を付けてくれればいい」

「おけっす」

手早く彩人は置かれたペンを使って、言われた通り自分の名前を探し印を付ける。

その時、莉里の名前が自分の下にあるのを確認した彩人はついでに莉里の分も書いていいか質問すると、練習に出席するなら誰が書いてもいいとの許可が出たので、莉里の分も印を付けた。

「受付は済んだな。なら、あっちへ行って待機しといてくれ。開始時間になったら練習についての説明に行く」

「分かったっす。じゃあ、一旦失礼しやす」

「本当に失礼しました」

この後も受付に来る生徒がいるため、彩人達は頭を下げると匠が指差した人だかりの方へ歩き出す。

ただ、近づいていくにつれて莉里の方に視線が集まっていき、今行くと質問攻《もみくちゃ》めにされそうだったので方向転換。

少し離れたところにある階段に並んで腰を下ろす。

「ふぅ、まさか生徒会長と仲が良いなんて。完全に予想外だったよ」

「莉里のあの慌てぶりは面白かったな」

話は引き続き、先程のやり取りについて。

莉里としては彩人と匠の関係は中々に衝撃的だったらしい。

まぁ、校舎の違う三年生と一年生が部活もしていないのに仲が良いなんて思わないだろう。

だが、莉里とは何年もの付き合いだ。

彩人の接する態度で関係性はある程度推し量れるだろうと思っていたのだが、匠に軽口を叩《たた》いた時のあの慌てようは彩人としても意外だった。

そのことを揶揄ってやれば、莉里はムッとした顔になる。

「あれは誰だって慌てます〜！　いくら仲が良いからって目上の人に似合ってないってあんなストレートに言わないからね」

しかし、それも一瞬のこと。

「でも、似合ってなかったろ？」

「……似合ってなかった」

「ぷっ！」

「クスッ」

「「アハハハッ」」

彩人が匠の体操服姿について言及すれば、莉里も同じことを思っていたようで。

堪《こら》えきれなくなった二人は吹き出し、笑い声を上げた。

こうなってしまったらもうお終《しま》いだ。

「せめてジャージでも着てたら良いんだけどな」

「ね。あの見た目で半袖短パンは本当に駄目」

「足が長過ぎるんだよな生徒会長は」

「スタイルが良過ぎてコスプレ感が強いというか」

本人の前で我慢していたことが決壊したダムのように溢《あふ》れ出す。

彩人と莉里はしばらく何故《なぜ》匠は体操服が似合わないかで盛り上がっていると、不意に視線を感じた。

「あっ、やべ」

視線をそちらに向けると、テントからギロリと匠が彩人達のことを睨《にら》みつけていて。

二人はブルリと背筋を震わせた。

「……もうやめよっか」

「……そうだな」

距離的に聞こえていないことは分かっている。

ただ、もしかしたらという可能性がどうしても頭を過《よぎ》り、二人の白熱していた議論は幕を閉じた。

それからまた別の話題で雑談に興じていると、ふと彩人はとあることに気が付いた。

「そういえば他の生徒会の人いなくね？」

「確かに、さっきからずっと生徒会長さんしか見えないね」

匠以外の生徒会役員が見当たらないのだ。

放課後になってからそこそこ時間が経《た》っているのにも拘《かかわ》らず、匠が付けている生徒会の腕章を付けている生徒がいない。

もしかしたら何人か付け忘れている者がいるのかもしれないが、それならば何故匠の手伝いをしないんだという話になってくる。

となると考えられるのは二つ。

「他のメンバーには何か頼んでるんじゃないの？」

「今俺も同じことを思った。けど、荷物運ぶとかだったら普段から白百合《しらゆり》先輩がしてるし、あんま人数いらん気はする」

「じゃあ、トラブルかな？」

「その可能性もあるな」

匠以外のメンバーでしなければならないほどに大掛かりなことを頼んでいるか、何かトラブルが起きたか。

彩人と莉里はそのどちらだろうかと考えていると、答えはすぐに出た。

「皆さんすみません。中身を拾うのを手伝っていただいて」

「いやいや、白百合ちゃんは気にすんなよ。梱包《こんぽう》を甘くした俺達も悪いからさ」

「そうそう。女の子にこんな重たいものを運ばせてた男子が悪いの」

「俺と会長は悪くねぇからな。さっきまで生徒会の予算やら観客の動員数やら色々データの集計してたんだからよ」

「分かってるって、カイチョと野々原《ののはら》君が頑張ってくれてるのは。そうかっかしなさんな？　カルシウム足りてないよ～。私のいちごミルク飲む？」

「いらねぇよ！　てか川田《かわた》、なんで何も持たずに呑気《のんき》にジュース飲んでんだ。一個くらいなんか持てや！」

彩人達が座っている階段の上から、沢山の段ボール箱を抱えた生徒会の腕章を付けた小《こ》雪《ゆき》と上級生が複数人現れた。

彼らの会話から得られた情報を元に推測すると、本当にトラブルがあったようだ。

邪魔にならないよう、端に寄ると小雪の目がこちらを捉え、続けてキョトンと目を丸くする。

彩人と莉里は頭を下げると、小雪は「ちょっと失礼しますね」と他のメンバー達に断りを入れてから、こちらに近づいてきた。

「水無月君に街鐘さん。こんにちは。ここに来ているってことはもしかして代表リレーに選ばれたんですか？」

「そうっすよ。こう見えて俺ら足速いんで」

「まぁ⁉ それは凄《すご》いですね。水無月君は春樹《はるき》君から運動が得意なのは聞いてましたが、街鐘さんは本当に予想外です」

二人が代表リレーに選ばれたと分かり、驚く小雪。

特に莉里がいることに対して驚いており、幼馴染《おさななじみ》の少女は「あはは、どうも」と恥ずかしそうに頬《ほお》を掻《か》いた。

「白百合先輩は出るんですか？」

「いいえ、私は代表リレーに出れるほど足は速くないので。今日は見ての通り、生徒会としてお手伝いです」

「なるほど、お疲れ様っす」

体操服にポニーテールとかなり運動しやすそうな格好をしていたため、小雪も走ると思ったがどうやら勘違いだったらしい。

おそらく周りに合わせて着替えてきたのだろう。

匠とは違って、小雪の体操服姿は様になっており莉里同様に視線を集めていた。

「では、私はこれを運ばないといけませんので。ここで失礼します。お二人とも頑張ってくださいね」

「うぃっす」

「はい、白百合先輩も頑張ってください」

何となくそれを感じ取ったのだろう。

小雪はチラッとこちらを見ている男子達に一瞥《いちべつ》し、生徒会の人達と合流し匠のいるテントに入っていった。

「白百合先輩ってお前と同じくらい人気あるよな」

小雪の後ろ姿を眺めながら彩人は何とはなしにポツリと呟《つぶや》いた。

「なに、突然？」

すると、莉里の声が明らかに一段低くなり彩人は思わず首を傾《かし》げる。

何か気に障ることを言っただろうか？

全くもって心当たりがない。

「いや、さっき凄い視線が集まってたからさ。何となく」

何に対して怒っているのか分からないが、とりあえず発言の意図を話すと莉里は少しの間黙り込み、やがて口を開いた。

「……彩人はどう思ってるの？」

聞かれたのは小雪について。

彼女のことをどう思っているのか？　というありふれたものだった。

「手伝ったらジュースを奢《おご》ってくれる美人な先輩」

「彩人らしい回答をどうも」

特に悩むような質問ではないので素直に答えると莉里は呆《あき》れたような、それでいて何処《どこ》か安堵《あんど》するような顔を浮かべる。

次いで、彼女はやや躊躇《ためら》いがちに彩人の顔を覗《のぞ》いてこう言った。

「そ、そういえば何だけど、彩人って好みの女の子タイプとかあるの？　聞いたことなかったから気になるな」

「好みか。あんま深く考えたことないな」

『好みのタイプ』

莉里が恋愛関係の話を嫌う傾向にあったので、二人の間では何となく避けていたトークテーマ。

想定していなかった質問に彩人は珍しく頭を悩ませる。

「うーん。まぁ、とりあえず一緒にいて気楽な奴《やつ》なのは大前提だな。あとは、そこそこ運動が出来て、ゲームも出来て、飯を作るのが上手い奴だとなお良いな。見た目に関しては、ぶっちゃけ子供みたいにめっちゃ小柄で胸もない奴じゃなければ何でも」

明確なイメージは浮かばなかった。

ただ、何となくこうあって欲しいという条件は出てきて、思いついたそばからそれを羅列していく。

「ふ、ふ〜ん。そうなんだ。へぇ〜」

すると、莉里は意味深な声を上げそっぽを向いた。

ただ、それが揶揄《からか》っているように思えて彩人は顔をムッとさせる。

「なんだよ？　なんか言いたいことでもあんのか？」

「別に〜。ただ、同じクラスに瑞稀ちゃんっていう可愛《かわい》い子がいるのに何も言わなかった理由が分かったなぁ〜って」

「あ〜、まぁそういうことだな。瑞樹はなんかガキって感じがして無理だ」

「同族嫌悪だ」

「ちげぇーよ！　単純に異性として見れないってだけだ」

「あははっ。そっか〜、瑞稀ちゃんそれを聞いたら傷つくよ〜」

「俺に言われたところで気にしねぇだろ。アイツには春樹がいるんだからよ」

「それもそうだね」

若干不機嫌な彩人とは裏腹に、莉里の方は何故だか上機嫌。

彩人のことを揶揄い、愉快とばかりに大きく笑う。

その姿に彩人は不満を覚えると同時に、突然不機嫌になったり、上機嫌になったりと忙しい奴だなと呆れるのだった。

「そういうお前はどうなんだよ？　男の好み」

「私？」

自分ばかり聞かれるのはフェアじゃない。

そう思った彩人は莉里に同じ質問をすると、彼女はパチクリと大きく瞬《まばた》きをし、次いで悪戯《いたずら》な顔を浮かべた。

「さぁ、どんな人がタイプだと思う？」

「何で質問したのに俺が答える流れになってんだよ」

「まぁ、いいからいいから。試しにやってみてよ」

仕返しをしようとしていたはずが、上手《うま》く躱《かわ》されカウンターを喰《く》らってしまった。

その事実に釈然としない気持ちになりながらも、幼馴染の方を見ると彼女はニコニコと楽しそうに笑っている。

これは答えないと駄目なやつだ。

幼馴染としての勘がそう訴え出したので、彩人は溜息《ためいき》を吐《つ》くと真剣に幼馴染のタイプを考察することにした。

（先《ま》ずは見た目か。これは、分からん。莉里がこの人イケメンだよねって自分から言っている奴見たことねぇし。次、性格。これも分からん。だってコイツどんな男が相手でも嫌そうにしてるし。まぁ、性格というか分からんが容姿に釣られてくるような奴は少なくとも駄目なことは分かる。じゃあ、最後は財力。これもどうでも良さそうだよな。コイツあんま物欲ねぇし。親がベストセラー作家とプロカメラマン兼女性向け雑誌の編集長だからな。金には困ってねぇだろ。……う〜ん。考えれば考えるほど分からん）

長考の末一つ分かったのは幼馴染のタイプを当てるというのは激ムズだということ。

あまりにサンプルになる男が居な過ぎて全く分からないのだ。

彼女と仲のいい男なんて彩人が知っている限り自分しか居ない。

とはいえ、安直に自分だと言うのは違う。

何故なら彼女は彩人のことを幼馴染《家族》だと認識しているから。

ことあるごとにお姉さん風を吹かせていた彼女はきっと彩人のことは出来の悪い弟程度にしか思っていない。

だから、そもそも異性だとかそういう括《くく》りに入っていないはずだ。

つまり、情報はゼロ。

何一つ分からない。

「顔のいい金持ちな男」

結果、彩人は投げやりに一般論を出すと彼女は腕をバツにし「ブブー」と不正解の音を出した。

「もう、彩人は私のことを何だと思っているの？　傷つくなあ、私がそんなのに靡《なび》くわけないじゃん」

そんな風に思われていたなんて心外だと嘆く莉里。

彩人自身も言っておいて何だが絶対にないだろうなと思った。

けれど、何も思い浮かばなかったのだから仕方ない。

彩人は答えの訳を話すと、

「……まぁ、それもそっか」

莉里はちょっとだけ残念そうな顔して納得するが、すぐにいつもの明るい顔に戻りこちらを真《ま》っ直《す》ぐ見据えた。

「じゃあ、特別に教えてあげるよ。私のタイプは一緒にいて気楽な人。それでいて、そこそこ運動が出来て、ゲームも出来て、ナヨナヨしてなくて、優柔不断じゃない人かな」

「殆《ほとん》ど俺のパクリじゃねぇか」

そうして、告げられた答えは彩人と似通っていて。

彩人がそのことを指摘すれば、莉里は「ベッ」と可愛らしく舌を出す。

この反応を見るにわざと寄せてきたのだろう。

ただ、それでも違いはあって。

とりあえず、後から追加された優柔不断でナヨナヨした男が嫌いなのは何となく分かった。

「待たせたな。さっそく練習の説明をするぞ。聞こえにくい者は近くに来い」

そうこうしていると、全員の受付が終わったようでようやく説明が始まるようだ。

彩人と莉里は説明を聞くため、集団の一番後ろに付き匠の話に耳を傾ける。

「今日はわざわざ放課後の時間に集まってくれて感謝する。本日は軽い自己紹介と実際に通しでリレーを一度やる予定だ。変に手を抜くなよ。今後のために全力でやれ。以上だ。とりあえず赤組と白組に分かれて自己紹介をしてくれ」

「「はい（おっす）!!」」

校長先生のありがたい話とは違い、匠の話は簡潔で分かりやすく、それでいて生徒の心を動かす覇気があった。

それにあてられた生徒達は気合の入った返事をし、放課後の練習は良い雰囲気で進んでいった。

が、ある時、問題が起こった。

それは練習が終わった後、解散を命じられ多くの生徒がダラダラしている時のことだ。

「あぁ～お前がバトンミスするから負けちまったじゃねぇか」

「ふざけるなよ。多少もたついたが相手に抜かれたのはお前の足が遅いからだ。俺のせいにするんじゃねぇよ」

「はぁ？　お前のせいだろ」

「俺のせいじゃねぇよ！」

練習で負けた赤組の生徒が突然言い争いを始めて、取っ組み合いを始めたのである。

たかが練習でと思うかもしれないが、星羅《せいら》高校の全生徒の内、約五分の一はスポーツ推薦で入学したアスリート達だ。

傾向として彼らは皆プライドが高く、負けず嫌いであることが多い。

故にそんな彼らがミスをして勝負に負けたとなれば、揉《も》めるのは必然といえた。

人目を憚《はばか》らず大声で罵倒し合う男二人に周りの反応は様々。

巻き込まれないよう離れる者。

どうにか止めようと考えているが二人の気迫に気圧《けお》されて動けない者。

また始まったよと呆れて放置する者など、多くの生徒達が静観を決め込む中、とある少女が動いた。

「先輩方止《や》めてください！」

小雪だ。

三年生とは思えないレベルの見るに堪えない幼稚な喧嘩《けんか》に耐えきれなくなり、仲裁に入ったのである。

「うっせぇ。邪魔すんじゃねぇよ！」

「これは俺達の問題だ。部外者は介入してくんな」

「落ち着いてください！　三年生にもなってみっともないですよ！」

「黙れ！」

だが、完全に頭に血が昇っている男達は小雪の声に聞く耳を持たず、彼女の介入によるストレスからか手が出た。

ドン！

片方の男が相手の肩を思いっきり押して、尻餅をつかせた。

「てめぇ!?　ガチでふざけんなよ。ぶっ飛ばす！」

それにより噴き出し直前だったマグマは勢いよく噴火。取っ組み合いの喧嘩が始まった。

「やめてください！」

お互いを殴り合う三年生に小雪は悲痛な声を上げるが、夢中になっている男達の耳にはもう届かない。

あるのは相手を倒して自分の意見を正当化させることのみ。

(流石《さすが》にやべぇな)

小雪ならばあの二人を止められるだろうと思っていた彩人は、今の状況は予想外。

二人の喧嘩に巻き込まれないよう小雪を助けに行こうとしたところで、目の前を黒い影が横切った。

「相変わらず使えないな。邪魔だ、下がっていろ」

鋭利で冷たい声と眼差《まなざ》しと共に小雪の前に現れたのは匠。

(何だありゃ?)

彩人の知るどんな匠とも似つかわしくない姿に思わず目を剝《む》く。

「ですが!?」

「ならば、今のお前に何が出来る? 言葉で止めることが出来なくなった状況で。二人の間に物理的に割って入る覚悟もないお前に何が出来る?」

「……それは」

威圧感たっぷりの匠にも小雪は怯《ひる》まなかったが、彼の厳しい言葉を受け瞬く間に勢いが削《そ》がれ、悔しそうに唇を嚙《か》みながら一歩後ろへ下がった。

匠はそれをつまらなそうな目で見ると、やがて視線を喧嘩をしている二人に向け突っ込んでいく。

「ぐっ!」

二つの拳が腹に突き刺さり匠から呻き声《うめごえ》が上がる。

「会長！」

「匠！　何してるんだよ」

「それはこちらの台詞《せりふ》だ。馬鹿者どもが！」

「「ぐっ！」」

それにより、少しだけ冷静さを取り戻した男達に匠は一喝。

あまりの迫力に喧嘩をしていた二人は怯んだ。

「後輩は先輩の背中を見て育つ者だ。最上級生である俺達がこのようなことをしては後輩達もまた同じ道を歩むぞ！　恥を知れ！」

「……すまん」

「……そうだな。俺らが悪かった」

その隙に匠は勢いよくたたみかけ、説教を喰らった二人は完全に落ち着きを取り戻し、己の失態を恥じ頭を下げた。

「ふんっ。この程度のことで手を煩わせるな。馬鹿馬鹿しい」

匠は痛む腹を摩《さす》りながら、最後にそう吐き捨てるとおぼつかない足取りで校舎へ向かって歩き出す。

残された三人は沈痛な顔を浮かべ、その場に立ち尽くしていた。

（すげぇ。……でも、やっぱりなんか変だ）

傍《はた》からそれを見ていた彩人は匠の漢気《おとこぎ》に感嘆すると共に、得体の知れぬ妙な違和感に襲われる。

あれは彩人の知らない匠の新たな一面なのかもしれない。

怒ったら周囲にいる人間を責めるようなそんな人間の可能性はある。

でも、何と言うか彼らしくないような気がしたのだ。

むしろ、匠なら怒っていてももっと穏便に解決出来るような気がする。

それなのに何故《なぜ》あのようなことをしたのか？

分からない。

ただ、喉の奥に小骨が刺さったような不快な感覚に彩人は思わず顔を顰《しか》めた。

第4章
幼馴染攻略最前線

Ore no osananajimi ha Main heroine rashii

・お子様体型は範囲外
・運動やゲームで一緒に遊べる子が良い
・美味《おい》しいご飯が作れるとさらに高評価

「〜♪〜♪」

家族が寝静まった夜の十一時。

街鐘莉里《まちがねりり》は鼻歌を歌いながら今日得られた情報をとあるノートにまとめていた。

その名も『幼馴染《おさななじみ》攻略ノート』。

四月の終わりに幼馴染の水無月彩人《みなづきさいと》に対しての恋心を自覚してから書き始めたもので、その日行ったアプローチや新たに得られた情報、次の作戦などが綴《つづ》られている。

我ながら気持ちの悪いことをしている自覚はある。

でも、仕方がない。

こうでもしないとあの天然馬鹿な幼馴染を振り向かせるための活路を見出《みいだ》せる気がしな

いのだから。

いつか蓄積しているこのデータ達が実を結ぶことを信じて、今日も莉里はペンを走らせる。

「今日は凄《すご》い収穫があったな～。特に子供みたいな子が恋愛対象じゃないのは大きい。瑞樹ちゃんが敵じゃなくなるもん。ふふっ、それに彩人が挙げた条件に私全部当てはまってた。嬉《うれ》しい。……いや、でもでも逆に言えば当てはまっているのに意識されてないってことは脈なし？　この条件を満たせる子が出てきたら取られちゃう。それは駄目。やっぱり、早急に何とか彩人に私のことを意識させないと」

普段よりも踏み込んだ話が出来たお陰で、書く量は少し多め。

また、それに比例するように感情の揺れ幅も大きかった。

自分が彩人の好みに当てはまっているのが分かったものの、目下の問題はやはり意識されていないこと。

あの幼馴染は莉里のことを大切に思っているし好いてくれているのは分かっている。

しかし、それは異性としてではなく家族に対して抱くようなもので。

子供の頃から長い年月をかけて作り上げた信頼関係が今だけは恨めしい。

これのせいで莉里と彩人は本来男女間に起きる重要な過程をすっ飛ばしてしまっているのだ。

だから、彩人は莉里が頼めばきっと側《そば》にはいてくれるだろう。

恋人としてではなく幼馴染として。

年老いて死ぬまでずっと付き合ってくれると思う。

でも、街鐘莉里《メインヒロイン》はそんなことは望まない。

少し前まではそれでも良かった。

どんな形であれ彼がずっと側にいてくれるのならそれでいいと思っていた。

ただ、芽吹いてしまったのだ。

種《恋心》が。

一度目《最悪》の人生を経て、一生芽吹くことはないと思っていた種が彼のせいで芽を出してしまった。

そうなったら、現状維持では満足が出来ない。

「あぁ～、早くぎゅっと指を絡める恋人繋《つな》ぎとか腕を組んで登校したい。好きな時にキスしたい。甘えたい。甘やかしたい。揶揄《からか》いたい。逆に彩人の方から揶揄われたり、甘えられたり、力強く抱きしめられたり、キスされたい」

今よりももっと踏み込んだ関係に、より親密になりたい。

彼を夢中にさせたい。

彼の全てを独り占めにしたい。

彼のものになりたい。

そんな気持ちが溢《あふ》れ出して止まらないのだ。

「もっともっと頑張らないとね。……まぁ、何したらいいか分からないけど」

といっても、莉里の人生においてまだ恋は二度目。

多少の心得はあるがまだまだ初心者の域を出ない。

それに対し、相手は攻略難度ＳＳＳの恋愛の「れ」の字も分からないお子様《モンスター》。

今まで学んだことの殆《ほとん》どが通じない相手にいつもいつも頭を抱えている。

そのため、作戦のところだけはすっかすか。
・お弁当を作ってみる
・ボディタッチを増やしてみる
・いっそのこともう告白してキスしてみる？※無理！
あるのはありきたり作戦と、気持ちだけが先行したヤケクソな作戦だけ。

とりあえず、前二つは行っているが効果があるとは言い難《がた》い。

今のところこちらが一方的にドキドキしたり、嬉しくなったりして、むしろこちらが沼にハマっていっているようなそんな気さえする。

早急に別の手を考えなければならない。

頭ではそう分かっているのだが、これが中々良い案が思い浮かばないのだ。

はぁ、と息を吐きノートを閉じる。

時計を確認すると時計は零時を回っており、もう寝る時間となっていた。

「読んでみようかな」

とはいえ、まだ眠気はない。暇つぶしに、莉里は父親の雅紀《まさのり》が置いていったラブコメの漫画を手に取る。

タイトルは『幼馴染の王子様との同居生活は意外と庶民的』。

莉里は親の仕事の影響で色んな本を読むが、ラノベやラブコメ系漫画は殆ど読まない。

何故ならそれらの人気の作品はハーレム展開か不純な展開が含まれていることが多いから。

だから、読んでいると元カレ《クソ野郎》や浮気女《クソビッチ》を思い出して、ムカムカするから正直好きではない。

だが、これは雅紀曰《いわ》く一対一の純愛もので、『幼馴染』というワードがあったことから久々に食指が動いた。

「絵が凄く綺麗《きれい》。それに御曹司《おんぞうし》の幼馴染がマンションの壁を間違えて壊すっていうのは面白い滑り出しだね」

一度目では読まずに放置した本。

期待せずに読んでみると、物凄く面白かった。

『何で同じ家に住んでいるのに登校する時間をズラすんだ？　一緒に行けばいいだろう』

『それは……その……仲が良いって勘違いされちゃうから』

『幼馴染なんだから仲が良いのは皆《みんな》知っているだろう？』

『それはそうだけどね！』


『……美味《うま》い』

『あはは、こんな料理で喜んでくれるなんて嬉しいな』

『これが毎日食べられるとは。俺は幸せ者だな』

『ッツ〜〜⁉』

キャラの心情描写も丁寧で、ラブコメによくありがちな展開に少し捻《ひね》りがあって目新しい。何より、幼馴染の御曹司君がちょっと抜けていて彩人みたいに恋愛に疎いところも良かった。

ヒロインの心情が痛いほど分かって、何度もうんうんと頷《うなず》いてしまうほど。

だからだろう。

「これ、参考にしてみよう」

ここに描かれているイベントを真似《まね》すれば、彩人を意識させることが出来そうだと思ってしまった。

閉じていたノートを開き、使えそうなところをメモしていく。

「よし、何だか行けるような気がする」

三つだけだった作戦が倍の六つに増えた莉里はご満悦。

ノートを机の引き出しにしまうと、ボフンッとベッドに飛び込み瞼《まぶた》を閉じた。


次の日の早朝。

いつものようにお弁当を作り、駅のホームで幼馴染を待つ。

その間、スマホのインカメラを使って莉里は自分の姿を確認した。

画面に映るのは普段とは少し違う姿。

いつもはそのまま下ろしている後ろ髪が今日は二つ結びになっており、伊達眼鏡《だてめがね》を装着している。

勘違いして欲しくないのは、別にナンパされるのが嫌だから変装をしているわけではない。

これが新たな作戦その一。

『普段とは違う格好をしてみよう』だ。

作戦内容はそのまんま。

いつもと違う格好をすることで彩人の見る目を変えさせるのを目的としている。

ただ、生半可なものだと気が付いてもらえない可能性があるので、校則の範囲内で出来る最大限でイメージチェンジしてみた結果がこれだ。

見事、正統派金髪美少女から本を片手に窓辺で佇《たたず》んでいそうな文学系美少女にスタイルチェンジ。

これはかなりのギャップがあるだろう。

「あの？　ちょっといいかな？」

「……」

少しくらい彩人の見る目も変わるかもしれない。莉里が内心でそわそわしていると、知らない男子に声を掛けられた。

少しだけ緩んでいた口角は一瞬で引き締まり、藍色の冷めた瞳を相手に向ける。

見たところ、二つ隣の駅にある私立高校に通っている大人しそうな男子高校生。

「も、もし良かったらなんだけど、ロータリーでお茶しない？　さっき読んでた本僕も読んでて語り合いたいんだ。あんまりその本読んでいる人が居ないから」

話しかけてきたのは暇つぶしとして読んでいた本が理由らしい。

チラッと自分の鞄《かばん》に入っている本に視線を向ければ、『陽炎《かげろう》の君と蝉《せみ》の僕』という父が数年前に出した大ヒット作が。

（はぁ、いつものか）

2

確かに純文学を高校生で読んでいる者は少ないだろう。

でも、この本は出版されてから二週間で在庫がなくなりテレビのニュースに取り上げられたほどの作品だ。

莉里以外にも読んでいる人はそこそこいるはずなのに、わざわざ声を掛けてきたのは間違いなくナンパ。

どうやら、幼馴染《おさななじみ》の見る目を変える前に周囲にいる男達の見る目を変えてしまったようだ。

大人しそうな格好をしていることから押せばいけるとでも思われたのだろう。

もし、本当にそう思われているのだとしたら莉里としては大変不愉快だ。

「お断りします。私、人を待っているんで。感想会がしたいならネットでやってください。数年前の作品ですけどファンが多いので沢山お仲間が見つかるはずですよ」

「ッ！」

明確な拒絶の意を込めて、相手を睨《にら》むと男子高校生は分かりやすく狼狽《うろた》えた。

「いや、ほら、ネットだと文字だけで味気ないし。顔が見えないから怖いじゃん。だから、その……あぁ～！　めんどくせえ！　いいから黙ってついてこいや」

何とか弁明をしようと頑張っていたが、途中で面倒くさくなったらしくついに本性を現した。

気弱そうな雰囲気はなくなり、粗暴でオラついたヤンキーへと様変わり。

莉里の腕を摑《つか》もうと腕を伸ばしてくる。

嘆息を溢《こぼ》しつつ、対処しようとしたところで横からぬっと腕が伸びて男の腕を摑んだ。

「ほい、ストップ」

気の抜けた声と共に現れたのは幼馴染の彩人だった。

（なんで？）

彼の乗る電車が着く時間にはまだ早いはずなのに。

予想外の登場に莉里は目を見開く。

「邪魔すんなよ、ポッと出が!?　女の前で格好《かっこ》付けようって魂胆が見え透いててキモッ」

「？　別にそんな意図はねぇよ。そんなヒートアップ状態じゃ、誘える奴《やつ》も誘えないって。ただ単に落ち着けに来ただけだ。まず、深呼吸しようぜ深呼吸。はい、せーの吸って～吐いて～」

「そんなこと誰がするか馬鹿！　ハッ、クソシラケたわ。帰る」

ナンパを邪魔され、子供のような扱いをされた男子高校生は大激怒。

乱雑に彩人の手を振り払い、逃げるように階段を駆け上がっていった。

「おい！　……あ～あっ、拗《す》ねちまったよ」

その後ろ姿を眺めながら、ボリボリとバツが悪そうに頭を搔《か》く彩人。

流石《さすが》にちょっと対応が悪かったと後悔しているようだ。

だが、それもほんの僅かのこと。

すぐに「まぁ、いっか」と頭を掻くのを止《や》め、こちらに振り向いた。

「アンタ今日は災難だったな。次からは気をつけろよ。俺、人探してっからこれで。じゃあな」

人当たりの良い笑みを浮かべ颯爽《さっそう》と去っていく彩人。

その姿はまるで白馬の王子様のよう……。

「……って！　えぇっ！　ちょっ」

幼馴染の格好いい姿に胸を高鳴らせていたせいで完全に忘れていたが、もしかしてあのクソガキ、莉里のことだと気が付いていなかった？

いや、そんなまさか。

彩人とはかれこれ十年近くの付き合いで、その上莉里は他の人と違って大変目立つ髪色をしている。

眼鏡や髪型を変えた程度で間違えるはずがない。というか、あり得てはいけない。幼馴染として絶対に。

「待って！」

莉里は大急ぎで後を追いかけ声を掛ける。

「くっ」

「……あっ⁉」

すると、彩人は足を止め肩を震わせた。

（嵌《は》められた）

それを見た瞬間頭に浮かんだのは、この五文字。

彼は莉里のことを間違えてなどいなかった。

莉里のことをきちんと認識した上でわざとやっていたのである。

幼馴染の少年はこちらに振り返ると、悪戯《いたずら》っ子のようにケラケラと笑っていた。

「いやぁ～、悪い悪い。莉里がいつもと違う格好してっから悪ノリしちまった」

「もう！　本当に気が付いてないかと思ったじゃん」

「イデッ、そんなマジで蹴んなよ⁉」

特に悪びれた様子を見せない彩人の脛に渾身《こんしん》の蹴りをかましてやると、彼は悲鳴を上げたが自業自得だ。

莉里をこんなにも不安にさせたのだ。

これくらいのことはしてもバチは当たるまい。

いや、駄目だ。

まだ気が収まらない。

「うるさい。彩人が悪いんだよ。私のこと冗談でも見間違えるとか幼馴染としてあり得ないから」

「分かったよ。そんな怒るならもう二度としねぇから。許してくれ」

「ジュース一本ね」

「へいへい。分かりましたよっと」

さらに、ジュースの奢《おご》りを約束させてようやく気分が晴れ今回は手打ちとした。

「で、なんでそんな格好してたんだ？」

自販機に向かう途中、彩人はこちらをチラッと見ながら格好が違う理由について尋ねてきた。

彩人に意識して欲しくてイメージチェンジしました。

なんて素直に言えるはずもなく。

「理由なんてないよ、気分。たまにはこんな格好も良いかなって」

「ほーん。まぁ、良いんじゃね？　普通に似合ってるし」

口から出まかせを言えば、彩人はあっさり信じ今日の格好について褒めてくれた。

「そ、そう？　まぁ、私だから当然だよね」

(やった！　彩人に褒められた)

それだけで胸が高鳴り、頰《ほお》が緩みそうになるのを何とか堪《こら》える。

「ただ、やっぱ」

平静を装うので精一杯になっている莉里の前に彩人が躍り出ると言葉を区切る。

そして、おもむろに手を伸ばし莉里の眼鏡を取って自分に掛けた。

「俺は眼鏡をしてないいつもの莉里の方が好きだな。こっちの方が莉里って感じがする」

「〜〜!?」

至近距離＋彩人の眼鏡姿＋『好き』＝完全ＫＯ。

キャパを大幅に超えた供給量に脳がオーバーヒート。

莉里は顔を真っ赤にしてその場で固まった。

「──ーい。おーい、おーい。どうした？」

「ハッ!?　にゃ、にゃんでもにゃい」

幸運なことに戻ってこられたのは本当にすぐだった。

目の前でヒラヒラと手を動かし、不思議そうにこちらの顔を覗《のぞ》き込む眼鏡イケメンの破壊力は物凄《ものすご》かったけれど。

一度見たことである程度耐性が付き、何とか動揺する程度で済んだ。

「ククッ、めっちゃ噛んでるぞ」

「ツァ───!!」

彩人には勿論《もちろん》笑われてしまい、当然致命傷。

問題大あり過ぎて莉里は言葉にならない声を上げた。

作戦その一、失敗。

相手を意識させることは出来ず、ただただ莉里が意識させられるだけに終わってしまった。

だが、仕方ない。

それほどまでに彩人の眼鏡《めがね》姿が凄《すさ》まじかった。

普段の子供らしさが抑えられ、いつもよりも大人っぽくて格好よかった。

嫌がる彩人に「あと一枚だけだから」と言って何枚も写真を撮ってしまうくらいには。

しばらく、家のパソコンの壁紙は眼鏡姿の幼馴染になりそうだ。

「結局いつも通りの電車になったな」

「申し訳ありませんでした」

時間も忘れて撮影に耽《ふけ》ってしまったせいで、電車を一本逃してしまい彩人は少し不機嫌気味。

莉里は流石に申し訳ないことをしたと頭を下げた。

そして、いつも通りの電車に乗ると珍客がいた。

「あら、水無月君と街鐘さんおはようございます。水無月君って視力悪かったんですか？」

「おはよう、水無月君、り――……街鐘さん」

「おはよです。水無月、街鐘」

春樹《はるき》と小雪《こゆき》、瑞樹のハーレム組。

いつもは電車の時間が被《かぶ》ることはないのだが、どうやらいつもは別々に登校している小雪が交ざったせいで時間がズレてしまったようだ。

「おう、おはよう春樹、藍園《あいぞの》、白百合《しらゆり》先輩。眼鏡は伊達《だて》っすね。似合ってます？」

「おはようございます。先輩、瑞樹ちゃん」

彩人は友人を見つけて嬉《うれ》しそうに歩み寄っていく中、莉里はテンションが下がり僅かに距離を取る。

本当は彩人の側《そば》に居たいのだが、元カレが居ることと小雪が笑顔の圧を放ってきているせいで近づけないのだ。

莉里は視線を逸《そ》らし、とりあえず離れたところで時間が過ぎるのを待つ。

少しして扉が閉まり、雑談を終えた彩人が戻ってきた。

「……白百合先輩って電車乗るんだな。初めて知った」

戻ってきて早々小雪がいることに驚いたと呟《つぶや》く彩人。

「まぁ、意外だよね。毎日車で送り迎えしてもらってたし」

「お嬢様育ちなのに意外と庶民的だよな」

「ね」

莉里も表面上は同感だという体《てい》を装ったが、一度目の人生の時に似たような現場を見ているので驚きはない。

それに、タイムリープ前にそこそこ交流があったので彼女が寂《さみ》しがり屋なのは知ってい
た。

親御さんの帰りが遅く、家に帰っても家政婦さんしか居ないが、家政婦の女性も十七時
を過ぎれば帰ってしまう。

幼少の頃からそれが当たり前だった彼女は誰よりも人の温《ぬく》もりに飢えている。

多少の不便があろうとも、好きな人や友人と一緒に居られるのならそちらを優先するの
が白百合小雪という人間だ。

だから、彼女が電車通学に踏み切ったのは何らおかしいことではない。

(あれ？　でも、小雪先輩が電車登校を始めたのってもっと後じゃないっけ？)

が、莉里はふと違和感を覚えた。

もう十何年も前の記憶なため自信はないが、莉里の記憶が確かなら小雪が電車通学を始
めたのは夏休みが終わってから。

夏休み中に春樹の家でお泊まり会をしたのがきっかけなはずだ。

それなのに、まだ体育祭も終わっていないのに一緒に登校しているのはおかしい。

（まぁ、前回と違って春樹が余計なことを言ったんだろうけど）

何故《なぜ》だか分からないが莉里と同じように春樹もタイムリープをしている。

極度のお人好《ひとよ》し。困っている人を見捨てることの出来ない春樹は、前と同じように女の子を助けて惚《ほ》れさせている。

しかし、人間誰しも数年前にあった出来事を同じように再現することは出来ない。

会話の内容に多少の誤差はあるはずだ。

おそらくそれが原因で早まっているのだろう。

（余計なことをして、本当何がしたいんだか）

自分にまだ未練があるような素振りを見せていながら、他の女の子をまた助けている。

春樹の性格をある程度理解している莉里だが、今の春樹は本当に分からない。

半日で春樹の方を見ながらそんなことを考えていると、瑞樹と目が合う。

彼女とは仲の良さで言えば良好。

瑞樹は彩人と似ていてよくも悪くも裏がないので、話していて気が楽なのだ。

何より、前は出来なかった幼馴染《おさななじみ》トークで盛り上がれるので、一度目よりも仲が良い。

「（最悪です。何なんですかこの女は？・）」

「（あはは、ドンマイ瑞樹ちゃん）」

二人だけの登校を邪魔された瑞樹は大変ご立腹の様子。

不機嫌そうに大きく息を吐く瑞樹に莉里はアイコンタクトで励ました。

遅かれ早かれ同じ状況になっていたのだ。

それに、一度目と違って何処《どこ》かの金髪のハーフ美少女が居ないだけまだマシだろう。

彼女には頑張って慣れてもらうしかない。

「……ふふっ、春樹君の手は温かいですね」

「……ちょっ！　いきなり何してるんですか小雪先輩」

「(泥棒猫〇すです)」

「(落ち着いて瑞樹ちゃん！)」

と思ったが、今にもやってしまいそうなほど殺気を滾《たぎ》らせている瑞樹を見ていると無理そうだ。これからも積極的にアピールをする小雪に瑞樹は振り回されるだろう。

「……アハハ」

お互いに幼馴染を攻略するのは苦労しそうだ。

そう思うと、自然と乾いた声が溢《あふ》れ出して。

「……急に笑い出してどうした？」

「……友人の前途多難さを思ったらついね」

「……何だそりゃ？」

状況を理解していない彩人はただただ頭の上に疑問符を浮かべていた。

第5章　婚約者

「会長。昨日はすまんかった！　怪我《けが》の方は大丈夫か？　かなりガッツリ入ったと思うんだが」

「あの程度なら問題ない。気にするな」

「本当か。なら良かったぜ。冷静になったらヤベェことしたたって気が付いてよ。昨日は気になって寝つきが最悪だったぜ」

「そうか。それだけ反省しているなら罰としては充分だろう。だが、もしまた同じことをすれば、俺がお前の反省文を十倍にするよう先生に掛け合ってやるから肝に銘じておけ」

「ひえっ！　分かったよ。もう二度とあんなことしねぇから。とりあえずあんがとな会長。空気悪くしたことを他のメンバーに謝りにいかねぇといけねぇから俺いくわ。じゃあな」

「あぁ、誠心誠意謝ってこいよ」

「会長〜。手が空いたんならこのテント立てるの手伝って〜。私だけじゃ、これやるの無理だわ」

「分かった。野々原《ののはら》後は任せたぞ」

「ちょっ、ちょっと会長！　アンタ一応怪我人なんだから力仕事は俺に任せろって。ほら、座った座った」

「いや、しかし。お前俺より力がないだろう？」

「ぐっ。確かに会長よりも筋肉はないもやしっ子だが、テント立てるくらいなら出来るっての。そういうわけだから、会長は受付の方を頼んだぜ？」

「野々原。すまんが頼む」

「会長には多大な恩があるからな。こんくらい当たり前だっての。よし、川田《かわた》そこ支えてくれ。俺が反対側から持ち上げるからよ」

「おっけ〜」

「……いつも通りの会長だ」

放課後。

この日、幼馴染の莉里《りり》を置いて先にリレーの練習にやって来た彩人《さいと》は、匠《たくみ》の姿を見てポツリとそう呟《つぶや》いた。

昨日の冷たさが嘘《うそ》のように、生徒や生徒会メンバー達と平坦《へいたん》でありながらも温かみのある会話を繰り広げている。

これが普段の匠なのは間違いないだろう。

つまり、昨日のあれは虫の居所がたまたま悪かっただけかもしれない。

そう思ったところで、小雪《こゆき》が匠の側に駆け寄っていった。

「会長。Aブロックのテントの設営が終わりました」

「そうか。なら、次は他のブロックを全部やれ。明日は雨が降るらしいからな。機材のまだと少々面倒だ。早急に全て組み立てろ」

「全部ですか？　はい。承知しました。あ、あの、昨日は申し訳ありませんでした。会長のお手をわずらわせただけでなく、怪我までさせてしまって。心よりお詫《わ》び申し上げます」

小雪が匠のもとを訪れたのは報告と謝罪のためだったらしい。

彼女が謝り深々と頭を下げると、匠の顔から色が抜けた。

「別にいい。ただもう面倒なことに首を突っ込むな。あの程度の争いを止められぬならハッキリ言って邪魔だ」

誰もが尻込みをしている中、小雪が勇気を振り絞って起こした行動を無駄だとバッサリ切り捨てる匠に小雪は絶句した。

「そんな……」

「はあ、あの男にでも影響されたか。実にくだらない」

「春樹君のことを悪く言わないでください!!　行動を起こすことで救われる人は確かにいたのですから」

「そうかもな。だが、お前が行動して何が変わった？　何も変わらなかっただろう。そんなものは無意味だ」

「ッ！」

「男にうつつを抜かしている暇があるなら己を磨け。そうすれば、いつか変えられるかもしれんぞ？」

悄然《しょうぜん》とする小雪を気にした様子もなく、酷《ひど》く淡々と、それでいて皮肉の籠もった鋭利な言葉を浴びせていく。

「……どうして貴方《あなた》はそんなことを……。いえ、有難いお言葉をありがとうございます。私はテントの設営があるのでここで失礼します」

それに耐えきれなくなった小雪は顔を悲しそうに歪《ゆが》ませ、逃げるようにその場を後にした。

（やっぱり変だ。明らかに白百合先輩にだけ当たりが強いぞ生徒会長）

危うく、勘違いで片付けるところだったが勘違いなどではなかった。

小雪相手の時だけ、匠の対応がきつ過ぎる。

それが、何故かは分からない。

同じ大グループをまとめる家の子供として生まれた同族嫌悪なのか、はたまた彩人が知らないだけで小雪が匠に対して嫌われるようなことをしたのかは不明。

ただ、一つ分かるのは自分の好きな人達の仲が険悪なのは見ていて気分が悪いこと。

それだけだ。

「会長。今のなんすか？」

我慢出来なくなった彩人は匠の下へ殴り込んだ。

すると、匠は目を見開き、すぐに面倒なことになったと顔を顰《しか》めた。

「水無月《みなづき》。お前さっきのを見ていたのか？」

僅かな可能性に縋《すが》るように、匠は小雪とのやり取りについて聞いていたのか確認してくる。

「はぁ」

「はいっす。何で白百合先輩にだけあんな対応なんすか？　らしくないっすよ」

彩人が勢いよく首を縦に振れば、匠は疲れたように大きな溜息《ためいき》を吐《つ》き「見苦しいものを見せたな。すまない」と謝罪の言葉を口にする。

違う。

彩人が求めているのは謝罪ではない。

小雪との関係についてだ。

一欠片《ひとかけら》も謝って欲しいなんて思っていない。

「何で白百合先輩にだけ当たりが強いのか教えてください」

ダァンと机を叩《たた》き、再度問い詰める。

自分でも分かるくらいに強い圧を放って。

彩人は匠に教えろと迫った。

「……お前が知る必要はない」

しかし、匠は手強《てごわ》くて彩人の圧を前にしても頑《かたく》なに口を割ろうともしない。

大人のようにのらりくらりとした言葉で誤魔化《ごまか》してくる。

彩人はそれが酷く苛《いら》ついた。

変に大人ぶっているように見えて気持ちが悪い。

（こうなったら絶対に吐かせてやる）

「あります。俺、白百合先輩とも会長とも仲良いんで友達同士が仲悪いのは友達として見過ごせないっす。だから――」

ムキになった彩人は匠に再度詰める。

その時、「ほい、そこまでだ。一年坊主」とその場にそぐわない呑気《のんき》な声が聞こえ、体操服の襟を引っ張られた。

頭を何とか動かし後ろを確認すると、この間見た生徒会メンバーの一人、筋肉だるまの先輩が彩人の首根っこを摑《つか》んでいた。

「――な、何すんすか!?　今いいとこなんで邪魔しないで欲しいっす」

「いってぇ。クソ馬鹿力が。おい浜口《はまぐち》、連れてくの手伝え。コイツはとんだ暴れ馬だぜ」

「えぇっ！　ゴリ田が手を焼くなんて中々ね。了解。後輩君ごめんね。少しだけ捕まえるわ」

「ちょっ⁉　何で学校に手錠なんて持ってきてるんすか？」

　彩人は何とか拘束を解こうと腕を摑み、全力で引き剝がそうとしたが、抵抗も虚《むな》しく。

　新たに現れた生徒会メンバーのダウナー系女子によって両手両足に手錠を掛けられてしまった。

　何故《なぜ》こんなものが学校にあるんだ？　と目を剝《む》くと「親のコネでちょっとね。いつでもプレイ出来る用に持ってるの」、女の先輩はクルクルと手錠を回しながらニヒルに笑う。

（あっ、やばい人だ）

　ゾクゾクと背筋に悪寒が走り抜け、本能が危険を訴えた。

「じゃあ、コイツは俺らがいい具合にしとくから。会長は受付頼むな」

「躾《しつけ》は任せて」

「ンギギ！　マジで会長覚えておけっすよ。絶対聞き出して――」「はいはい。ちょっと黙りましょうねー」――ぎゃあぁぁ――――！」

　時すでに遅し。

　本物の手錠を解くことなど出来るはずもなく。

彩人は筋肉だるまの先輩とダウナー先輩に担がれ何処《どこ》かへ運ばれてしまうのだった。

「……ほどほどにな」

その時、彩人に詰め寄られ困っていたはずの匠が同情していたのだけが妙に記憶に残った。

「ここら辺でいいだろ」

「そうね」

「うわあっ！　ってて、頭打った」

人気《ひとけ》のない校舎裏に連れてこられたところで、彩人は地面に放り出された。

その際、頭を地面に打ちつけ悶《もだ》えているとカチャッと鍵の開く音がした。

「えっ？　解放するの早くないっすか？」

てっきり、説教が終わるまでこのままだと思っていただけに肩透かしを喰《く》らった気分だ。

「まぁ、ここに来るまでにだいぶ落ち着いて会長に襲いかかるつもりもなくなっただろう。それに、逃げてもここなら捕まえられるので外してもらった」

「そういうこと。校舎裏で後輩を拘束しているなんて外聞が悪いしね」

「いや、拘束して運んでいる時点で外聞悪くないっすか？」

「あっ、確かに。まぁ、ウチだと結構あることだし大丈夫よ」

「大丈夫なのよ。このゴリ田もとい郷田《ごうだ》も数ヶ月前に拘束されて動物園のゴリラってタイトルで写真撮影されてたし」

「大丈夫なんすね」

「あれは酷かったな」

昔のことを思い出してケラケラと笑う郷田と浜口。

この様子を見るに、そんなに長く拘束するつもりはなかったらしい。

(やばい人だと疑ってすんません)

彩人は心の中で浜口に謝罪をしつつ、「あの、聞きたいことがあるんすけど」と話を切り出した。

「白百合先輩と会長って何であんな感じなんすか？　少し前白百合先輩に話を聞いたら、普通の関係だって言ってたすけど。あれが普通とは俺思えないっす」

「うん。君の感性は間違ってないよ。実際二人があんな感じになったのって最近だからね。確かにその前は先輩と後輩として普通にやってたよ」

「そうなんすか？」

二人の関係性について聞いてみたところ、小雪の言っていた通り二人の関係は悪くなかったようだ。

それならば何故今のように険悪な関係になったのか。

原因について尋ねると二人は困ったように笑った。

「まぁ、色々とあるのよ。あの二人は長いからね」

「生まれながらに上に立つ者というのは難儀なものだ」

「いや、変に誤魔化さないで教えて欲しいんすけど。というか、教えてくれるから連れてきたんじゃないっすか？」

誤魔化している風を装いながらも何処か意味深めいたことを言う先輩達。

きっと何かが隠されている。

だが、遠回しな言葉で言われるのが苦手な彩人にはどうしても理解が出来ない。

どうせ教えるならハッキリと言って欲しいと抗議した。

「馬鹿ね。そんなわけないでしょ。貴方をここに連れてきたのは会長と一旦距離を置かせて頭を冷やさせるためよ。あのままだと喧嘩《けんか》になりかねなかったからね」

「それに人のプライバシーについて俺らが勝手に話すわけにはいかないからな」

「そんなぁ〜。先輩達はケチっすね」

「アタシ達は会長の味方だからね。当然よ」

「会長がそう決めたのなら付いていく。俺達は生徒会に入った時点でそう決めている」

だが、匠のことを心底慕っている二人は彩人の抗議を聞き入れてはくれなかった。

あくまで自分達は匠側。

そのスタンスは崩さない。

が、二人としてもやっぱり思うところはあるようで次の瞬間、雰囲気が変わった。

「だがな、俺達は会長の意思を尊重こそするが納得はしてねぇ。だから、後輩にこんなこと急に言って悪いんだが一つ頼みがある」

「何すか？」

「会長と小雪ちゃんに気が付かせてやってくれ」

「お願い」

今までの飄々《ひょうひょう》とした態度から、何処か縋るような痛ましいものへ。

お陰で、彼らが本気で彩人にそれを成して欲しいというのが伝わってきた。

ただし、内容がまだ酷く抽象的で。

「気が付かせる？　何を」

「悪いな。そこまでは言えない。だが、会長と小雪ちゃんに真っ直《まっす》ぐぶつかっていけるお前なら出来るはずだ」

「アタシ達の言葉じゃ届かないから。だから、頑張って。信じてるから」

どういう意味かと頭を悩ませる彩人にエールを残して、二人は何処かへ行ってしまった。

しかし、まだ聞きたいことがあるのにそれは困る。

「あっ、ちょ。って！　まだ足の方残ってるんですけど！　おーい！」

彩人は二人を追いかけようとしたが、手錠が外されていたのは手のみで、足の方はそのままだった。

お陰様で派手に彩人は転倒。

必死の呼びかけも虚しく浜口と郷田は視界から消えてしまった。

「……マジかよ」

「あれ？　いとっちこんなところで何やってんの？」

「流石《さすが》に学校で拘束プレイは引くわ」

「おい、お前ら違うからな。お前らは盛大に勘違いをしている。これはな――」

一人その場で黄昏《たそがれ》ていると、たまたま通りかかった朱李《しゆり》とミナカに目撃されてしまった。

不味《まず》い。

二人の彩人を見る目が完全に変態を見る目になっている。

必死に彩人が要領を掻《か》い摘まんで説明すると、どうやら先輩の言っていた通りこの学校ではよくあることのようで、

「「あぁ、あれね」」

と、納得してくれた。

当然それで良いのかと思わなくはなかったが、今は緊急事態だ。

理解してくれるだけ有難かった。

「だから、鍵を取ってきてくれ頼む！」

「おっけ、じゃあウチがダッシュで呼んでくるから。いとっち、先輩の名前とか覚えてる？」

早速、鍵を取ってくるよう頼むと朱李が名乗りを上げてくれた。

「えっと女の先輩なんだが覚えてねぇ。男の方はゴリ田っていうのはインパクトが強くて覚えてるんだが」

「おっけ、とりまゴリ先輩を呼べばいいわけね。じゃあ、いってくるね～」

鍵を持っている浜口の名前を忘れたので、もう一人いた郷田の愛称を伝えると朱李は元気よく返事をし、グラウンドの方へ駆けていった。

残されたミナカはそれを見送ると、改めて彩人の方に向き直り、

「朱李が帰ってくるまで暇だからもう少し詳しく話を聞かせてもらって良いかしら？」

と、詳しい説明を求めてきた。

「あぁ、分かった」

彩人は首を縦に振り、今度は一から百まで何があったのか丁寧に説明する。

小雪と匠の関係が険悪なことに気付いたことから、最後に頼み事をされたことまで全部。

「なるほどね」

全てを聞き終えたミナカは頷き、やがてポツリと「……そういえばあの二人って」と意

味深な言葉を漏らした。

「神崎《かんざき》なんか知っているのか⁉」

「し、知らないわよ」

何やら何かを知っていそうなミナカに彩人が勢い込んで聞くと、彼女はやってしまったという顔をし、すぐに明後日《あさって》の方向を向いてしまう。

ミナカは推理物の犯人として出てきたら間違いなく駄目なタイプだと彩人は思った。

何故なら馬鹿な自分ですら明らかに嘘《うそ》をついていると分かってしまうのだから。

意外とポンコツな彼女には荷が重過ぎる。

ガシッ。

逃げられないようミナカの両肩を摑《つか》み現行犯逮捕。

「絶対なんか知ってるだろ。お願いだ。今はどんな情報でも欲しい！　神崎教えてくれ。教えてくれたら俺何でもするから」

「わ、分かったから。肩摑むのやめなさい。アンタ馬鹿力なんだから」

「あっ、悪い」

ジッと顔を見つめながら尋問をすれば、彼女はすんなりと口を割った。

本当にミナカは犯人役には向いていない。

根っからの善人なんだなと思いながら、彩人は両手を放した。

「話す前に言っておくけど、あくまで又聞きだからね。本当かどうかは分からないわよ」

「おう、それでも構わないぜ」

「……分かった。あの二人、少し前に婚約の話が持ち上がってたらしいの」

念入りな前置きをして、彼女から語られたのは普通の高校生には縁遠いもの。

「こんやく？　……はぁ！　婚約ってマ、マ、マジ⁉　あの二人けけけけっ、こんすんのか⁉」

あまりに自分の世界とはかけ離れた話に彩人は素っ頓狂な声を上げた。

「ば、馬鹿！　声が大きい。あくまで話があったって噂《うわさ》よ。実際に婚約を結んでいるわけじゃないわ。でなければ、小雪先輩が西園《にしぞの》君にあんなイチャイチャ出来るわけないでしょ」

「タシカニ、ケッコンガキマッテタラアンナコトデキナイ」

「でしょう？　ちょっとは落ち着きなさい」

慌てる彩人をミナカが落ち着くよう宥《なだ》めるが、人間一度パニックになると簡単には直らない。

頭の中で何度も何度も言葉がループして、その度に思考が掻《か》き乱《みだ》される。

事実ではない可能性があると事前に言われていたのである程度心構えをしていたが、これは完全に許容量超《オーバーフロー》え。

（いやいやいやいや、高校生で結婚とか早過ぎるだろ）

彩人の中で結婚とは大人のするものだ。

友人達から恋愛の話をたまに聞くことはあれど、まだまだ子供な彩人にそこまでの明確なヴィジョンはなかった。

ただ、今が楽しければそれでいい。

先のことはまた後で考えればいい。

そんな子供らしい刹那的な考えで生きてきた彩人にとって結婚というワードは衝撃的で。

もう子供じゃいられない。

そんな焦りが彩人の心の奥底にひっそりと根付いた。

「お～い！　いとっち～。鍵もらってきたよ～」

「オ、オウ。アリガ、トウ。ヤクモ」

動揺収まらぬ中、朱李が鍵を持って戻ってきた。

片言で喋《しゃべ》る彩人に朱李が「ぶふっ」と吹き出す。

「ヤバッ！　いとっち、ロボットみたいになってるんですけど。オモロ、一体何をしたのミナっち。人体実験でもした？」

「ただの学生である私がそんなこと出来るわけないでしょ。ただ、あることを教えたら壊れたオモチャみたいになったのよ」

「ヤバイ、カギガハイラナイ」

「へぇ〜。一体何を教えたの？　大親友のウチにも教えてちょっ」

少し離れていた間に彩人を変えたミナカの話に朱李は興味津々。

蛇のようにするりと、ミナカに纏《まと》わりつく。

「……秘密じゃ駄目？」

「可愛《かわい》くおねだりしてもだ〜め。というわけで、吐くまでワキワキの刑決定！　久々にやっちゃうよ〜」

逃げられないと悟ったミナカが何とか見逃してくれるよう頼んだが、次に返ってきた答えは無情。

朱李は猫のように目を細めると、首に回していた腕を腰まで下ろした。

「ひゃっ、アハッ、ハハッ、ちょっ、それ、ずるぃぃぃ――！　しゅり、ははっ、はんそくー」

「ほれ〜ほれ〜、やめて欲しいなら早くゲロっちゃいな、you。ウチはあと三段階進化を残しているの知っているっしょ？　我慢すればするほど後が辛《つら》いよ〜。ほれほれ、こちょこちょ」

「ひぃ――。わ、分かった。だから、手を止めて――――！」

朱李のこちょこちょ攻撃にミナカは呆気《あっけ》なく陥落。

「ぜぇーぜぇー」

「ふふんっ。ウチにかかればざっとこんなもんよ」

数分も経《た》たぬうちに死に体になったミナカを見て朱李はご満悦。

「カギハインネェ」

「まだ入ってなかったの⁉　いとっち、ウチがやってあげるから貸して」

しかし、すぐに横でまだ鍵を入れるのに苦戦している彩人に気付き、朱李は呆《あき》れたように鍵を開けてくれた。

その後、ミナカはもう一度匠と小雪に婚約の話が持ち上がっていたかもしれないと説明し、「やば、ば、ば、ば、それ、ま、ま、マ⁉」、「だ、ろ、ろ、ろろろ？」と朱李は彩人と同じく酷《ひど》く動揺し、壊れたロボットが二つに増え、ミナカは「これだから言いたくなかったのよ」と大きな息を吐いた。

「高校生で婚約かー。お金持ち様は考えることが違いますな〜」

「んだんだ」

しばらくして、落ち着きを取り戻した彩人と朱李は並んで階段に腰掛け自販機で買ったお茶を啜《すす》っていた。

その姿は、完全に田舎《いなか》のおじいちゃんとおばあちゃんのそれ。

一番最後にお茶を買って戻ってきたミナカは呆れ顔を浮かべながら、朱李の隣に腰掛けた。

「でもさ、ウチ的に思うんだけどあの二人に婚約するメリットってあるのかな？　パパとママがそれぞれのグループ企業で働いているけど景気いいっぽいよ。ドラマとかでよくある利益のためだけの婚約ってやつはしなくて良さそうだけど」

ペットボトルのお茶が半分を切ったところで、朱李が口を離し疑問を口にした。

「そ、それは」

それにまた動揺してしまうミナカ。

横にいた彩人と朱李の目がキランッと光る。

「おっ、これはまだ何か知っていますな！　いとっち、行け。捕まえる攻撃。ウチはその後にもう一度こしょこしょ攻撃だ」

「おう」

「おう！　じゃないわよ。大人しく教えるから止《や》めて。二回目は流石に無理だから」

ノリの良い彩人と朱李は見事なコンビネーションでこしょこしょ地獄の準備をしたところで、ミナカは白旗を揚げた。

「ちえっ、しけてやんの〜。ほら、じゃあ吐くもん吐きなミナっち」

「洗いざらい吐いてもらおうか？」

どうせなら少しくらいミナカで遊びたかった二人は、投げやりに早く説明するよう促す。

「何でヤンキー口調なの。まぁ、いいわ。今回のは調べれば分かることなんだけど、白百合グループの代表と宝城《ほうじょう》グループの代表は古くからの付き合いがあってそこそこ仲が良いらしいの。それで、歳《とし》の近い子供がいれば――」

「――漫画あるある。『そうだ歳近いしコイツら婚約させたろ』が起きてる可能性があると。にゃるほど～、さっきの噂はこの情報が出たから流れたっぽいね」

「……ええ、おそらくは」

「あっ、ミナっち。今その手があったかって顔した」

「違うから！　いちいち指摘しないで朱李」

「あはは、ごめんごめん。ミナっち可愛いから虐《いじ》めたくなるんだ」

「えっと、つまりどういうことだ？」

「分かりやすくまとめると会長と副会長が幼馴染《おさななじみ》だってこと。それに付け加えるならもしかしたら二人の親が悪ノリしてる可能性があるってこと。で、周りの皆《みんな》がその可能性があるかもって今のウチらみたいに騒いでたってことだね」

「なるほど、まとめてくれて助かる。えっ!?　あの二人幼馴染なのか!?」

新たにもたらされた情報もこれまた凄《すさ》まじかった。

婚約の話はまだ嘘の可能性があったが、今回の匠と小雪が幼馴染というのは本当のようで。

彩人は思わずびっくりしてその場を立ち上がってしまった。

「衝撃の新事実だよねぇ〜」

「えぇ……でも幼馴染ならなんであんな邪険に扱うんだ？　普通はもっと仲良くするだろ。余計意味分かんねぇ」

幼馴染に対して、あの対応は彩人の中ではあり得ない。

煩わしいと思うことは勿論《もちろん》あるが、それ以上に一緒にいて楽しい存在だ。

喧嘩《けんか》をすれば確かに拒むことはあるだろう。

だが、匠ほど小雪を拒絶することはない。

関係を断ちかねないものならば尚更《なおさら》。

「まぁ、思春期ってことだね。会長も」

「って言うと？」

「好きな人に勘違いされたくないんじゃないかな？　副会長と仲良くしていると、噂が本当だって思われる可能性があるでしょ。だから、それを嫌がっているんじゃないかな」

「そういうもんなのか？」

「そういうもんだよ。中学時代数多くの恋愛相談を受けてきたウチが言うんだから間違いなし」

「おぉー。じゃあマジだ」

だが、自分よりもこういったことに慣れている朱李があり得ることだと言うのなら間違いないだろう。

「まぁ、当の本人は一回も付き合ったことないんだけどね」

「ちょっ、ちょっと、ミナっちそれは言わないって約束でしょ⁉」

……多分。

ミナカの放った一言によって一気に彩人の中で朱李への信頼度がガクンと落ち、一つの意見として留めておこうと彩人は思った。

幕間　飢え

Ore no osananajimi ha Main heroine rashii

日が沈み出した十八時前。

「副会長。これどこに運べば良い？」

「それはあちらにお願いします」

「副会長ここのパーツないんだけど、まだ倉庫にあまりってある？」

「ありますよ。もしものために予備が何個か倉庫に置いてあります。私取ってきますね」

「いやいや、いいよ。あるのさえ分かればいいから。後は私達がやるから副会長は皆がサボらないよう監視よろしく。このままのペースでいけばギリギリ間に合うとは思うけど誰かがサボってたら、間に合わないからね」

「分かりました。ありがとうございます」

小雪《こゆき》はテント設営の指揮を執っていた。

二日に分けて設営を行う予定だったが、明日の雨予報に伴い一日でする羽目になったため、現場はかなりバタついている。

手伝いに来てくれた先輩は間に合うと言っていたが、このままのペースだと間違いなく門限を超えるだろう。

何とかしなければいけないと思うが、これ以上の人員増加は見込めない。

この時間帯に残っている生徒は殆《ほとん》どおらず、居るのは部活やリレー練習で疲労している生徒だけ。

そんな彼らにテント設営を手伝わせるのは流石《さすが》に忍びない。

「うーん、困りましたね」

「小雪先輩大丈夫ですか？」

どうしたものかと途方に暮れていると、一番聞きたかった声が聞こえた。

「春樹《はるき》君！　と瑞樹《みずき》さん。どうしてここに？」

振り向いてみると、そこには小雪の想《おも》い人とライバルがいた。

「たまたま先生の手伝いで残ってたら、この時間になっても作業してたのが気になって」

「ついでに手伝いに来てやったです」

普段なら放課後になるとすぐに帰っているはずの二人。

だが、今日は神様の気まぐれかたまたま学校に残っていたらしい。

二人の気遣いに胸が高鳴った小雪は彼らのもとに駆け寄り抱きついた。

「ありがとうございます」

「うわっ」

「胸うぜぇです」

身体《からだ》の両側から感じる人の温《ぬく》もりに、冷めていた気持ちが温まっていくのを感じる。

この二人は本当に優しい。

普段は恋敵でいがみ合っているはずなのに、本当に困っていたら助けてくれる瑞樹。

『多分、先輩なら一人でも大丈夫なんだと思います。でも、一人で何時間も作業するのは寂しいですよ』

誰も気付いてくれなかった小雪の本心を察し、いつも優しく手を差し伸べてくれる春樹。

『今仕事で忙しいの。話は後にしてくれるかしら？』

『こんなものを作っている暇があったら他のことをしろ』

『はぁ、このような道端の花で作ったものをプレゼントに持ってくるな。白百合《しらゆり》グループの沽券《こけん》に関わるぞ』

温もりを与えずひたすらに冷めたものをぶつけてくる両親や匠《たくみ》とは違う。

人間味溢《あふ》れる彼らのことを小雪は好ましく思っている。

(絶対に逃しませんから)

「苦しいです」

「あの、何かありましたか？」

「ごめんなさい。何でもありません。ただお二人が来てくれたのが嬉《うれ》しくて」

どうやら、無意識に二人を抱きしめる力を強めてしまっていたらしい。

小雪はパッと二人から離れ、いつもの調子を装う。

微《かす》かに震えている腕を後ろに隠しながら。

「では、せっかくなのでお二人の厚意に甘えてあちらにいるお二人の手伝いをお願いしてもいいですか？　やはり、二人だけだと運ぶだけで設営までは出来ないので」

とはいえ、これ以上話しているとバレてしまう可能性がある。

春樹は恋愛関連には鈍いくせに妙なところで鋭いのだ。

気付かれる前に、小雪は二人に指示を出すと「分かりました」、「任せろです」、と言って春樹と瑞樹はテントを設営している生徒達の中に交ざっていった。

「ふぅ」

「お疲れっすか？　白百合《しらゆり》先輩」

「ひゃっ⁉　み、水無月《みなづき》君どうしてここに」

これで心の整理がつけられる。そう思っていた矢先に、背後から急に後輩が現れ小雪は悲鳴を上げた。

「いやぁ、練習が終わってもまだやってたんで。人手が足りてないのかなと思って来たんすけど、そんなに驚かれるとは思わなかったっす」

「ウチの幼馴染が迷惑をかけてすみません。その分精一杯働かせますので許してやってください」

振り返れば、少しバツの悪そうな顔をする彩人《さいと》の頭を押さえつける街鐘莉里《まちがねりり》の姿があった。

「あっ、いえ別に謝られるほどのことでは。お気持ちは純粋に有難いですし。ですが、お二人とも練習で疲れたりしていませんか？　私達に構わず帰ってもらってもいいのですよ」

予想外の乱入者に小雪は困惑。

僅かな打算と純粋に身体を労《いたわ》る気持ちから、二人にやんわりと断ったが、

「大丈夫っす。毎朝走ってるんであんくらいの練習じゃ物足りないくらいっすよ」

純粋な後輩の男の子はそんな小雪の意図に気が付くことはなく、まだまだやれると快活に笑い、小雪は微かに口元を引き攣《つ》らせる。

「今日はバトンパスの練習だったので、私も特には疲れてないので大丈夫です。ですが、邪魔になりそうなら私が責任を持って連れて帰りますよ」

「おいおい、莉里。俺が邪魔になるのは聞き逃せないな。小中とテントは毎年建ててたんだ。余裕で出来るっての」

「嘘《うそ》つかないの。キャンプの時に上のカバーを結ぶの忘れて大惨事になったでしょ」

「あれはたまたま忘れてただけだ。普段はあんなヘマしねぇから」

彼とは対照的に莉里の方は小雪が嫌がっているのを察しているようで、何とか連れて帰ろうとしてくれたが彩人の方は完全に手伝う気満々。引く様子は見られない。

「だと良いんだけど。あの、こんなんですけど手伝わせますか？」

これは駄目だと莉里は諦めてしまい、オズオズと小雪の方に確認を取ってくる。

流石にこうなるとＮＯとは言い出しにくい。

「大丈夫ですよ。実はお恥ずかしい話、猫の手も借りたいくらいなので助かります。では、水無月君と街鐘さんにはあそこの入り口付近に上級生が二人居ますのでそのお二人と協力してテントを建ててください」

「おけっす。よし、行くぞ莉里。俺達の力でちゃちゃっと終わらせようぜ」

「はいはい。では、失礼します」

彩人と莉里を春樹達とは反対側に向かうよう指示を出すと、片方は意気揚々ともう片方は心底申し訳なさそうに頭を下げ去っていった。

（……最低ですね、私は）

一人残された小雪は遠ざかっていく一年生二人の姿を見て自己嫌悪に陥った。

彩人と春樹は同じクラスの友人で仲が良い。

せっかくなら友人同士でやった方が彼らとしては良いだろう。

だが、小雪はあえてそれをしなかった。

理由は完全な私利私欲。

春樹と莉里を接触させたくない。

それだけのために、小雪は二人を別々の場所に飛ばしたのだ。

(でも、二人が仲良くなってしまったらまた私は一人になってしまう)

脳裏を過《よぎ》るのは時が巻き戻る前の世界の記憶。

三年生になり卒業間際となった時、小雪は春樹に振られてしまった。

そして、後日自分と同じように春樹へ想いを寄せていた莉里と彼は付き合ったのだ。

関係の大きな変化。

大学進学に伴う物理的な距離の広がりと環境の変化。

主にこの二つの要因によって、春樹と小雪の関係は徐々に薄れていき大学二年生になる頃には完全な疎遠状態となってしまった。

仕方のないことだとは思う。

春樹は大学受験や大学生活で忙しく、小雪と頻繁に会ったりするのは彼女の莉里としても良い気分ではない。

特に多くの人間に傷つけられ、友人に裏切られたことのある過去を持っているのなら尚《なお》更《さら》。

後輩を不安に思わせるようなことはしない方がいいと配慮した結果、小雪は自分の中に残る気持ちに蓋をした。

だが、そうなると必然的に小雪は春樹と出会う前の愛と温もりのない日常に戻ってしまった。

春樹と出会う前ならば、何も思わず生活が出来ていただろう。

これが自分の宿命なのだと全てを受け入れられていた。

だが、知ってしまったのだ。

愛されることの喜びを。

人の手の温もりを。

弱った時に誰かが側《そば》にいてくれる有り難みを。

一度贅沢《ぜいたく》を知ってしまった身体はもう戻れない。

ふとした時に、どうしようもないくらいの寂寥感《せきりょうかん》と飢餓感に襲われる。

――誰かまた自分の本心を見抜いて欲しい。

――ギュッと強く抱きしめて欲しい。

――側に居て欲しい。

――優しくキスをして欲しい。

――愛して欲しい。

飢える。

飢える飢える。

飢える飢える飢える。

飢える飢える飢える飢える。

回数を重ねていくにつれ、ドンドンと飢餓感は増していく。

大学三年生の一年間は、本当に狂ってしまいそうだった。

耐えきれなくなって春樹にメッセージを飛ばしてみたこともあったが、多忙なのかメッセージが返ってくるのが遅くて傷ついて。

日を跨《また》いだ頃に届く優しい言葉に安堵《あんど》し、すぐに自分は春樹にとって特別な存在なのではないと自覚し、また傷つく。

最悪の日々だった。

こんな思いをするくらいなら、知らなければ良かった。

そう後悔した時、奇跡は起こった。

気が付いたら、彼と出会う少し前。

高校一年生の春休みにまで時間が遡っていたのである。

意味が分からなかった。

啞然《あぜん》とした。

何が起きているのか分からなかった。

その日はマトモに頭が動かず、ひたすらベッドの上で横になって過ごした。

一晩掛けたお陰か、目を覚ました頃には何とか自身が過去の世界に戻ってきていることは理解出来た。

『私はどうしたら良いのでしょう？』

人の温もりを知らなければ良かったと後悔した瞬間に、時が巻き戻った。

神様が小雪の願いを叶《かな》えてくれた結果なのかもしれないが、どうやら手違いがあったらしく残念なことに記憶はそのまま。

春樹と過ごした日々は鮮明に刻み込まれている。

（これを忘れることが出来ないのなら意味ないじゃないですか）

次の日も憂鬱な気分になっていたが、ある時悪魔的な考えが浮かんだ。

（春樹君と街鐘さんが付き合わなければ……私が春樹君と先に付き合えば良いのでは？）

これが酷《ひど》い考えなのは分かっている。

大学に入ってからの二人がどんな状況だったかは詳しく分からないが、春樹と莉里は客観的に見てお似合いのカップルだった。

大学を卒業したらきっと結婚し幸せな家庭を築くだろう。

だが、それはあったかもしれない未来の話。

小雪が今から動ければ、春樹の横に居られるのが莉里ではなく自分かもしれない。

このどうしようもない飢餓感を埋めることが出来るかもしれない。

そう考えてしまったら駄目だった。

『今度こそあの方の愛を独り占めしてみせます』

他人の幸せを壊すことになると自覚しながらも、小雪は自分が幸せになることを望んだ。

一度目では我慢したのだから、二度目くらいは。

そんな免罪符を手に入れた小雪は春樹のことを忘れる方向から、付き合う方向にシフトチェンジ。

春樹が前と同じように小雪の作業を手伝ってくれたところから、全力フルスロットル。

春樹に引かれないギリギリレベルの熱烈なアタックを仕掛け、一度目よりも二人の関係は早く深まっている。

『小雪先輩』

一度目の時は夏休み明けになってから呼んでくれるようになった下の名前。

今世では僅か一ヶ月でそこまで至ったという事実が何よりの証拠だ。

順調に見える恋路。

だが、小雪の中でどうしても不安が拭えなかった。

それは、やはり街鐘莉里という後輩の存在。

春樹は莉里のことを妙に気にしていたのだ。

少し不自然なくらいに。

だが、昔莉里から馴れ初《なそ》めを聞いた時に入学早々にストーカー被害に遭っているところを助けてもらったと聞いている。

これは莉里がストーカーされていることを事前に把握していなければ、助けることは出来ないはずだ。

だから、彼は莉里がストーカー被害に遭っているのを知って心配しているのだと思っていた。

が、彼女のストーカー事件が解決してからもまだ春樹の目が莉里を追っていることがある。

これで不安にならないはずがない。

間違いなくあの事件をきっかけに二人の中で何かがあって、春樹は莉里のことを意識している。

彼女が恋敵になってしまったらまた負けるかもしれない。

そんな恐怖心から小雪は春樹から莉里を遠ざけようと莉里を威嚇してしまっている。

「我ながら滑稽ですね」

他人の幸福を奪う覚悟はあるのに、正面から対峙《たいじ》する覚悟が小雪にはない。

そんな自分が酷く惨めで情けなかった。

でも、一度始めてしまった以上はもう止まれない。

このまま春樹と莉里が接触しないよう立ち回って時間を稼ぎ、その間に春樹の中で小雪の存在を大きくする。

そうすればきっと未来は変わる。

春樹に選んでもらえる。

今度こそ飢えないで済む。

幸せになれるはずだ。

「ジュースでも買いに行きましょうかね」

改めて不安に駆られた小雪は気分を紛らわせるため、可愛《かわい》い後輩達への褒美を用意しに行くことにした。

彼らが手伝いに入ってくれたお陰で、作業の進みが早まり間もなく作業が終わりそうなので丁度良いだろう。

「すみません、少し離れますね」

「分かりました」

小雪は近くにいた生徒に断りを入れ、グラウンドを後にした。

生徒会室に置いてきた財布を回収し、食堂前にある自販機へ向かう。

ガコンッ。ガコンッ。

（えっと、水無月君は葡萄《ぶどう》ジュースで街鐘さんがミルクティー。っと）

「まだ作業が終わっていないのに何をしている？」

自分の記憶を頼りに、後輩達の好きな飲み物を買っていると横から声を掛けられた。

聞き覚えのある声。

だが、小雪としてはあまり聞きたくない部類のもの。

苦手が故に顔を見なくても相手が誰なのか簡単に分かった。

「……会長」

顔を確認すれば案の定不機嫌そうに顔を顰《しか》める匠がいた。

ハッキリ言って怖い。

一応、幼い頃からの付き合いなのだから春樹や彩人が幼馴染《おさななじみ》相手にするようにもう少し優しく接してくれても良くないだろうか？

が、それは叶わぬ願いだろう。

何故《なぜ》なら、彼は昔から小雪に厳しかった。

その原因はおそらく、匠と小雪が同類だから。

いずれ、自分と同じようにグループを背負う立場にある人間が自分よりも劣っているのが許せないのだろう。

少しでもミスをすれば毎度毎度厳しい言葉を放ってくるのだ。

苦手意識を持つのは仕方がないと言える。

ただ、それでも昔は嫌いではなかった。

彼の言うことは全て的を得ていて、不満はあったが納得は出来ていた。

しかし、一度目も二度目の現在もある日を境に態度が変わり、今までよりも冷たく当たってきたり、理不尽なことで説教を喰《く》らうことが増えてきたため、小雪は匠のことが嫌いだ。

「これは、後輩達が手伝いに来てくれたお陰で何とか門限までに、テントを全て建てることが出来そうなのでそのお礼をと思いまして」

「ほう。では他の者には買わないのか？　テントの設営は後輩達だけがやったわけではない。元々居たメンバーの協力があってこそだ。彼らにも報酬があって然《しか》るべきだろう」

「それは……そうですね」

「少し考えれば、分かることだろうに。それを後輩達に渡すのは止《や》めろ。確実に不満が出るぞ」

「……はい」

また今回も説教をされると思った小雪は必死に弁明をするも、それは自分の未熟さを露呈するだけで結局今回も無駄な行為だと非難されてしまった。

これは間違いなく小雪のミス。

なので、今回は素直にそれを受け反省したが、それはそれとして手伝ってくれた後輩達に何もお礼をしないのは失礼ではないかという疑問が頭の中に残る。

『仕事にはそれに見合った報酬を』

『もらった恩は必ず返す』

昔匠自身が言っていた言葉だ。

今の彼と矛盾している。

どちらの言葉が正しいか。

そう考えた時、小雪は間違いなくかつての匠の言葉だと思った。

「なら、全員分買います」

そもそも、後輩達以外の分も買えばこの問題は解決するのだ。

幸いなことに小雪にはそれを出来るだけの財力がある。

今回は、後輩のために一肌脱ぐとしよう。

全員分ジュースを買うと小雪が宣言すると、匠は心底嘲るような顔をした。

「本当に阿呆《あほ》だな、お前は」

そして、罵倒の言葉を言い残すとお茶を買って去っていく。

(最後の最後まで感じの悪い人ですね)

遠ざかっていく匠の姿を眺めながら心の中でそう毒づくと、小雪は財布から千円札の束を取り出し全員分のジュースを購入するのだった。

一分後。

「……やってしまいました」

大量のジュースを前に小雪は頭を抱えていた。

何故匠に『阿呆』と言われた時に気が付かなかったのだろうか。

ジュースを大量に買うことは出来ても、それらを一人で運ぶ力がないことに。

完全に小雪の悪癖が出た。

昔からこうなのだ。

一度ムキになると、どうしても頑《かたく》なになってしまう。

途中で運べないことに気が付いていながら、匠にああ言ってしまった手前途中で止めるということも出来ず、見事に一つのベンチがジュースで埋まってしまった。

(どうしましょう?)

「おい、白百合こんなところでどうした?」

「うわぁ、ジュースが一杯。一つもらっても良い?」

途方に暮れていると、今度は生徒会に所属する先輩達がやって来た。

恥ずかしいところを見られてしまった。

「野々原《ののはら》先輩に川田《かわた》先輩。どうぞ、少々取り扱いに困っていまして。もらっていただけると助かります」

小雪は乾いた声でやんわり事情を説明すると、二人の反応は分かれた。

「白百合がこんなになるなんて珍しいな」

意外そうに目を丸める者。

「ラッキー。うまっ、ねぇねぇこれだけあるなら皆《みんな》への差し入れにしようよ。皆喜ぶよ。どうせ処分に困ってるんならいいよね？　白百合ちゃん」

素直にジュースが飲めることを無邪気に喜びこの感動を他者と分かち合おうとする者。

「あっ、はい。私は構いませんよ」

小雪にとって彼女の意見は渡りに船。

救いの女神が現れたと思いながら、快く快諾した。

「やったね。じゃあ、たまたまポッケにビニール入ってたからこれに入れて運ぼうか」

すると、川田は鼻歌を歌いながら折り畳まれたビニール袋をポッケから取り出した。

「この量をそれ一つだけは厳しくねぇか？」

広げてみると、大きめの袋ではあったがジュースを全て入れるには心許《こころもと》ない。

小雪の思っていたことを野々原が代弁すると、川田はチッチッと人差し指を振る。

この自信ありげな様子。何か策があるようだ。

「大丈夫大丈夫。破れない程度に入れて残りは野々原君に任せるから」

おっ、と思わせておいて出てきた案は何と人任せ。

小雪と野々原は身体《からだ》をガクッとさせ落胆した。

「それ、俺への負担マジやば過ぎるだろ！　お前らも何本か持てよ」

勿論《もちろん》そんな作戦がすんなり通るわけもなく、一番負担を強いられた野々原は抗議の声を上げた。

「えぇ〜、か弱い女の子に持たせるなんて酷《ひど》〜い。会長なら何も言わずに運んでくれるのに」

「ぐっ、分かったよ。運べばいいんだろ」

「さっすが〜。話の分かる子は好きだよ」

「俺はお前みたいなタイプの女が嫌いだよ」

「キャハ、嫌われちゃった〜。まぁ、いいも〜ん。私には白百合ちゃんがいるから野々原君に嫌われても問題なし。とりあえず、五本だけいれてっと。これを私達二人で運んで残りは野々原君お願いね」

「生意気言ってすみませんでした。流石《さすが》にそれはキツいんでいくつか持ってください」

「えぇ、どうしよっかな〜？」

しかし、流石貿易会社を経営している社長の愛娘《まなむすめ》。規模が小さいとはいえ、親から受け継いだ交渉技術は中々のもので野々原はあっという間に丸め込まれ、攻守逆転。

理不尽な要求をふっかけられていたはずの野々原が何故か頭を下げる形となっていた。

「川田先輩。流石に可哀想《かわいそう》なのであと十本くらい持ちましょう」

マトモに交渉技術を学んだことのない一般高校生相手に大人げない。

小雪は不憫《ふびん》な野々原に同情し、川田に条件を緩めるよう打診した。

「白百合ちゃんがそう言うのなら仕方ないな～。白百合ちゃんの慈悲に感謝するんだね野々原君」

「へへ～、ありがたやありがたや」

「先輩やっぱり五本だけにしましょうか？　野々原先輩からは誠意が感じられるません」

「おっけー」

「だぁぁ――！　ごめんごめん。俺が悪かったからマジでそれだけは勘弁してください」

ただ、この展開は二人にとっては予定調和だったようで、自分だけが空回りしていたことを知った小雪は野々原に八つ当たりすると彼は今度こそ本当の悲鳴を上げた。

「莉里と藍園《あいぞの》はちゃんとそっち支えとけよ」

「はいはい」

「分かってるです」

「よし、じゃあ春樹。せーので行くぞ」

「分かった」

「「せーの」」

「莉里真ん中のやつ頼む」

「了解。ヨイショとこれで全部終わりだね」

「意外と量が少なくて助かったです」

「うん、でもテントの量自体は物凄《ものすご》いから元から働いてた人達には頭が上がらないよ」

「俺達のためにやってくれてんのマジ感謝だな。あぁ～終わった終わった。これで、って白百合先輩と生徒会の先輩方ちっす。それって、もしかして差し入れっすか？　太っ腹すね」

「は、はい、皆さん頑張ってくれましたから。お好きなのをどうぞ」

先輩達の協力を得てグラウンドにジュースを運ぶと、小雪のささやかな抵抗も虚《むな》しく莉里と春樹達が一緒にテントを組み立てていた。

仕事を頼んだ時はまだ結構な量があって反対側に位置する幼馴染ペア同士が合流することはないと思っていたが、どうやら彼らはテント立てのプロなのか少し目を離した隙に終わらせてしまったらしい。

　テントが全て立っている光景に脱帽すると共に、莉里と春樹が接触してしまったことから小雪は僅かに口角を引き攣《ひ》《つ》らせた。

「白百合副会長からの有難い差し入れだぞ～。皆の者集まれー」

「「うぉぉぉぉー!!」」

　ただ、そんなことを考える余裕があったのもほんの僅かだった。

　川田の号令により、テント設営をしていた生徒達が一斉に集まり小雪は目を白黒させながら、ジュースを配る羽目になり大忙し。

　忙殺されそうになりながら、何とかそれらを配りきり残すところ春樹のために取っておいた炭酸飲料だけとなった。

「昨日送った動画見たか？　猫のやつ。面白くね」

「うん、あれね。凄く面白かったし見ててほっこりしたよ」

「……本当鈍感で困るです」

「……あはは、本当苦労してるね瑞稀ちゃん」

　キョロキョロと春樹の姿を探せば、彼は友人達とテントの中で談笑をしていた。

　ただ、そのテントはカバーの紐《ひも》が全体的に結びが甘かったようで。

（風に煽《あお》られて今にも飛んでいきそうで怖いですね）

と、小雪がハラハラしていると、結んでいた紐がいくつか解《ほど》けカバーがその場に落ちた。

「「ぶふ！」」

「うわっ⁉　あっぷね」

「きゃっ⁉　大丈夫ですか、莉里」

テントの端の方にいた瑞樹と彩人は巻き込まれずに済んだが、比較的中の方にいた春樹と莉里は見事にカバーの下敷きとなってしまった。

アワアワと取り残された二人が心配する中、

「ひゃっ！　ちょっ、どこ触ってんの馬鹿⁉　何でそんなところを触ってくんのよ」

「ご、ごめん。真っ暗で何も見えなくてわざとじゃないんだ」

「良いからその手早く退《ど》けてよね」

「わ、わ、分かった」

「何でそう言って今度は尻に行くのよ！　変態」

ゴソゴソと中では何やらいやらしいことが起きているようで、即座に小雪の危機感知センサーが反応。

「水無月君、そっちの端を持って。早くカバーを外しましょう」

「分かったっす」

彩人に指示を飛ばして、すぐにカバーを外すとまるでツイスターゲームをしていたかのように二人は変な形で絡まっていた。

「〜〜⁉　4《し》ね」

「ぐへっ！」

明るくなり事態を把握した莉里がカアッと顔を赤く染め、最上級の暴言と共に春樹のことを蹴飛ばした。

「『もう本当にあり得ない！』」

「『ごめん。本当にわざとじゃないんだ』」

「『うるさい、変態！　私に話しかけないで！』」

「あっ……」

小雪はその光景を前に思わず目を見開いた。

感じたのは圧倒的な既視感。

一度目の時とまるっきりそのままのやり取りに胸が思わず締め付けられる。

春樹に助けられて間もない頃、素直になりきれない莉里は今のように春樹へキツく当たっていた。

それが時を重ねていくうちに徐々に軟化していき、二人は最終的に付き合った。

(嫌だ。今度こそ春樹君は私のものにするんです。だから、取らないで。私をまた一人ぼっちにしないで)

トラウマが掘り起こされ、身体が震える。

視界が滲む。

「ヒュ――――、ヒュ――――」

息が苦しくなる。

飢える。

また、飢える。

ただ、ひたすらに飢える。

「しら――り――ぱ――」

「こ――き。しっ――する――す」

あまりの飢餓感に耐えきれなかった小雪は、後輩達からの呼びかけも虚しくその場で倒れ意識を手放した。

それから、三十分が経過した頃。

ふとしたタイミングで、暗く染まっていた世界が茜色《あかねいろ》に煌《きら》めいた。

「ん、ここは？」

あまりの眩《まぶ》しさに小雪は目を開けると、見慣れぬ天井と心配そうにこちらを見ている春樹が目に入った。

「小雪先輩良かった！　目を覚ましたんですね」

目が合うと春樹は嬉《うれ》しそうに、口元を緩ませる。

（何が起こっているのでしょう？）

いつも妄想していた理想のシチュエーションを前に、霞《かすみ》がかった思考の中どうしてこうなっているのかと必死に少し前の記憶を手繰り寄せる。

「私は倒れたんですね」

数秒後、何が原因かまでは思い出せなかったが小雪は自分が倒れたということだけ思い出せた。

「そうです。急に倒れて心配しましたよ。特に水無月君なんか大慌てで担架を探してましたからね」

「それはそれはご迷惑をお掛けしました。水無月君には後でお礼をしないといけませんね。ジュース一ダースくらいで如何《いかが》でしょう？」

「きっと喜びますよ。是非してあげてください」

「それに、あそこにいる瑞樹さんや街鐘さんに、も。ッツ……!?」

しかし、すぐに春樹と話していくうちにその原因についてもすぐに思い出し、小雪はまた不安と飢えに身体《からだ》が痙攣《けいれん》を始める。

「先輩！　大丈夫ですか!?」

「は、る、き、くん」

だが、今は先程と状況が違う。

側《そば》にいた春樹が異常をきたした小雪を心配して肩に手を回し背中を優しく摩《さす》ってくれたのだ。

これにより、感じていたはずの飢えや不安が一瞬にして吹き飛ぶ。

かつてないレベルの充足感。

それは、小雪の許容量を大幅に超えやがて毒となり、取り返しのつかないところまで少女を蝕《むしば》み大きな激情を生み出す。

「好きです」

こうなったらもう止まれなかった。

「え？」

「ずっと側に居てください春樹君。ずっとずっと私だけの側に居て欲しいんです」

動揺する春樹を置いて、心の奥底にしまっていたものをぶちまけた。

彼を手放したくない。
一人になりたくない。
戻りたくない。
ただ、その一心で。
小雪は縋《すが》るように春樹へ告白した。
すると、彼は驚愕《きょうがく》で目を大きく見開き、やがて酷《ひど》く悔いるような顔でこう言った。
「ごめんなさい。僕は貴方《あなた》とは付き合えない」

第6章　まるで漫画みたいな

Ore no osananajimi ha Main heroine rashii

茜色に染まる空の下。

「白百合《しらゆり》先輩大丈夫なんかな？」

先程小雪《こゆき》が倒れたのが頭から離れないのだろう。

隣を歩く幼馴染《おさななじみ》の少年は不安そうにそう呟《つぶや》いた。

「大丈夫だよ。保健室の先生曰《いわ》く、ストレスによる一時的なものらしいから。安静にしてれば治るって言ってたし大丈夫」

莉里《りり》も同じ気持ちだが、それを隠し明るく振る舞う。

運のいいことに星羅《せいら》高校の保健医は医師免許を持っているエキスパートだ。

あの先生が言うなら間違いないはず。

そう励ませば、「そうだな」と彩人《さいと》の顔から不安の色が幾分か消えた。

「……ストレスか。そうなるとやっぱり会長との関係を改善しないとな」

「会長？　会長と小雪先輩の間に何かあるの？」

気持ちに余裕が出来たからだろう。

彼の思考が前向きに切り替わり、意識が心配から問題の解決へ移った。

だが、その問題は予想外のもので。

莉里は瞳をパチクリとさせた。

「そういえば、莉里はあの場に居なかったから知らないんだったな。会長と白百合先輩、最近特に仲悪いらしいんだよ。幼馴染なのに」

「えっ⁉　あの二人幼馴染だったの⁉」

「うっさ。まぁ、神崎《かんざき》や八雲《やくも》が言うにはそうらしい。しかも、親同士が仲良くて婚約している可能性があるらしい」

「こ、婚約⁉」

さらに、語られたのは一度目の莉里でも知らなかったこと。

あまりの衝撃に自分でもびっくりするくらい大きな声を上げてしまった。

（えっ、小雪先輩。幼馴染いたの⁉　しかも、こ、こ、婚約者って。羨まし過ぎる！）

莉里にとってはまさに理想のシチュエーション。

ここ最近、彩人と婚約者だったら良かったのにと思うことが多くなったので本当に羨ましい。

代われるならぜひ代わって欲しい。

勿論《もちろん》莉里と小雪がではなく、関係性というところで。

彩人以外の男と婚約など御免こうむる。

そんなことするくらいなら死んだ方がマシだ。

（いいなぁ。小雪先輩。幼馴染と婚約って。……でも、冷静に考えたら三年生になっても小雪先輩が春樹《はるき》に迫ってたってことは婚約の話は嘘《うそ》なんだろうな。やっぱり幼馴染同士は恋愛対象になり難《にく》いのかも。……いやいや、何弱気になってるの私。瑞樹《みずき》ちゃんって例もあるし、ウチはウチ他所《よそ》は他所。絶対彩人を惚《ほ》れさせてみせるんだから）

「おーい。表情がコロコロ変わって凄《すご》いことになってるぞ莉里。大丈夫か？」

小雪と匠《たくみ》の関係性は莉里を感情のジェットコースターに乗せるには十分で。

一人で百面相をする莉里を、彩人は怪訝《けげん》そうに覗《のぞ》き込んできた。

「あっ、ごめん。ちょっと動揺しちゃって。何でもないよ」

「そうか。なら良いんだけどよ」

羞恥から顔にほんのりと熱を帯び始めたところで、莉里は咄嗟《とっさ》に彩人から離れ訳を説明すると彼は大人しく引き下がった。

「莉里は二人が何で仲悪いか分かるか？」

それからいつも通り並んで歩き始めると同時に先程の話を再開する。

疑問をぶつけられ、莉里は一度目の記憶を頼りに考えてみたが良い答えは出てこなかった。

「うーん。情報が少ないからまだ何とも言えないな。ね、もう少し知っていること教えてよ」

つまり、一度目の記憶は今回の一件では全く役に立たない。

早々に不要な情報だと莉里は切り捨て、彩人が得た情報を元に考えることにした。

「分かった。えっとだな――」

彩人は素直に先日感じた違和感から今日あったことまで全てを話してくれて、多くの情報が得られた。

その上で、莉里の出した答えは、

「やっぱり好きな人に勘違いされたくないからじゃないかな？」

他に本命がいてその人に勘違いされたくないから。

実際、莉里も彩人に他の男と仲が良いと思われないようにしていることもあり、これが一番しっくりとくる答えだった。

一応、小雪が何かをして嫌われたという線も考えたが、個人的には絶対あり得ないと思っている。

タイムリープをする前、恋敵であるはずの莉里からの相談を小雪は嫌な顔をせず聞いてくれたり、危なくなった時春樹達と一生懸命助けてくれたりするような優しい人だ。

人に嫌われるようなことをするとは思えなかった。

「莉里も八雲と同じ意見か。う～ん？　まぁ、二人も同じ意見ならそうなのか？」

「なんか煮えきらない反応だね」

「あぁ、なんかしっくりこないんだよな。何でだ？」

ただ、恋愛というものをまだ知らない彩人は莉里の感覚が分からないのか、何やら納得が出来ていないご様子。

この調子だと彼は寝るまでずっとこのままだろう。

幼馴染として彼の抱えているモヤモヤを解決してあげたい気持ちはある。

「あっ」

「なんか思いついたのか⁉」

「あっ、うん。昨日読んだ漫画でちょっとね。似たようなのがあって」

莉里は他に何かないかと考えていると昨日読んだ漫画のことを思い出した。

その中に今の話と似たようなシチュエーションがあったはず。

記憶が確かなら幼馴染の御曹司《おんぞうし》が、ヒロインちゃんと他の男が仲良さそうにしているのを見て、邪魔にならないようにしようと距離を取るため冷たくしたり、避けたりするのだ。

ただ、莉里としては匠と小雪の場合は当てはまらないように思える。

何故《なぜ》なら、御曹司君はヒロインちゃんに冷たくするが嫌われるレベルのものではなく、よそよそしくする程度。

本心で嫌われたくないと思っているからこその甘さがあった。だが、匠にはその甘さがないように見える。

だから、違う。

そう言おうとしたところで、

「本当か。なら、今日その漫画読みに莉里の家行くわ！」

「……えっ？」

彩人に遮られてしまい、話は幼馴染が家に来る流れに。

勘違いを修正しなければ、そう思ったが彩人が家に来るという圧倒的な魅力に抗《あらが》うことが出来ず。

「いいよ」

莉里は首を縦に振ってしまった。

数十分後。

「ただいまー」

「お邪魔しまーす」

莉里は彩人を連れて帰宅した。

するとリビングのドアからひょこっとプラチナブロンドの髪を持つ美女が顔を出す。

「よく来ましたネ。彩人君お久しぶりデース」

「お久しぶりっす。ルーシィさん。今日は早かったんすね」

ニコニコと彩人のことを出迎えたのは莉里の母親である街鐘《まちがね》ルーシィ。

生粋のフランス人で、日本に語学留学のために来たところで父親の雅紀《まさのり》が書いていた小説を読み、感動したのをきっかけに日本に移住。

雅紀の熱烈なファンになったルーシィがサイン会などで猛烈にアタックを行い、推しと結婚を果たした猛者《もさ》である。

性格はとにかく明るく、子供が好きで面倒見が良い。

そのため、子供の頃から家にやって来る彩人のことをまるで我が子ように溺愛している。

「フフッ、彩人君が来ると聞いて急いで帰ってきましタ。今日は彩人君の好きなハンバーグを作るので楽しみにしてくだサーイ」

本来なら今日の献立はルーシィの好きなトマトパスタで、二日前くらいから彼女はそれを作るのを心底楽しみにしていた。

しかし、彩人が来ると知るやいなやすぐに彩人の好物に献立を変更するくらいと言えばその溺愛っぷりが分かっていただけるだろうか。

「マジっすか!?　あざっす！　良かった〜今日莉里の家来て。今日ウチ、ゴーヤチャンプルーだったから本当助かった」

当然、自分の好物が食べられるとなればこの幼馴染が喜ばないはずがなく。

彩人は嬉《うれ》しそうに顔を綻ばせた。

その喜びようは凄《すさ》まじく、莉里はそれを見て実は漫画が読むのが本命ではなく、ゴーヤチャンプルーから逃げたかったのではないかと疑うほど。

「でも、矢花《やばな》さんのことだから、次の日の朝ごはんに出してきそうだけどね」

「大丈夫。ウチはゴーヤ一本しか使わないんだ。だから、二人できっと食べ切ってくれるはず……だ。……多分、きっと、そう」

試しに鎌を掛けてみると分かりやすいくらいに動揺する彩人。

間違いなく莉里の家に来ようとした理由の一部に含まれているようだ。

人のためにそこまで行動出来るなんて、と感動していた自分を返して欲しい。

莉里は眉間に皺《しわ》を寄せ溜息《ためいき》を吐《つ》く。

「AHAHAHA、彩人君が来ると本当に賑《にぎ》やかになって良いですネ。ささっ、こんなところで突っ立ってないでとりあえず手を洗って寛《くつろ》いでくだサーイ」

二人のそんなやり取りを見てルーシィは愉快愉快と笑い、彩人の背中を押して無理矢理《むりやり》家の中に上げるのだった。

「じゃあ、ちょっと着替えるから待ってて」

「おう」

手を洗い終えたところで、彩人をリビングに置いて莉里は一旦部屋に引っ込む。

そして、制服を手早く脱ぎパーカーとホットパンツに着替えと例の漫画を片手にとんぼ返り。

リビングのソファーで寛いでいる彩人の横に座った。

「それが例の漫画か？」

案の定リビングに戻ると彩人の視線は漫画に釘付《くぎづ》けとなった。

「そう、これが言っていた漫画だよ。タイトルは『幼《おさな》馴染《なじみ》の王子様との同居は生活意外と庶民的』で、お父さんの友達が出した漫画なの」

「マジ？　雅紀さんの友達が描いてるのか。やっぱ、雅紀さんはすげぇな漫画家と知り合いなんて」

そんな幼馴染に苦笑いをしながら漫画について軽く説明し手渡すと、彩人は興味深そうに漫画を観察し始めた。

「あぁ見えてお父さん、一応創作の道においてはプロだからね。それ関係の知り合いも多いよ」

「世間っていうのは案外狭いもんだよな。ていうか内容ラブコメなのによく読んだな。俺と同じで莉里も苦手だったろ？」

莉里が普段ラブコメ系の漫画を読まないことを知っている彩人は、パラッと漫画を流し読みすると不思議そうな顔で質問を投げかけてくる。

「別に苦手ではないよ。ただ、ハーレムになるのが好きじゃないから避けているだけ。ヒロインと主人公の純愛物なら普通に読めるよ」

「なるほどな。パッと見た感じバトルがなさそうで趣味じゃないが匠先輩達のために頑張るか」

それに対し、自分の意見を述べると納得したようで彩人は大人しく一ページから読み始めた。

「じゃあ、彩人がそれを読んでいる間私はお母さんの手伝いをしてくるね」

漫画を読む邪魔をしてはいけないと思い、莉里はそれだけ告げるとキッチンで鼻歌を歌っているルーシィと合流した。

「お母さん手伝うよ」

「OH、ありがとうございマース。では、サラダとスープをお願いしても良いですカ？」

「はーい。任せて」

それから夕食の準備をすること十五分。

全ての料理が完成し、机に並べようした頃には既に彩人が席に座っていた。

「漫画はちゃんと読んだの？」

彩人の手には漫画はなく、ソファーの上に放置されてるのが見える。

あの状態では間違いなくほとんど読んでいないだろう。

莉里は彩人にジト目を向けると、幼馴染の少年に飄々《ひょうひょう》とそれを受け流される。

「こんな美味《うま》そうな匂いが漂ってたら集中して読めねぇから止《や》めた。後でじっくりお前の部屋で読むわ」

「……相変わらずの食い意地だね。まあ、ちゃんと読む気があるんならよし。今はお母さん特製のハンバーグを味わうと良いよ」

そして、あまりに堂々と開き直るものだから、逆に感心してしまい、莉里は彩人のことを許すと目の前にハンバーグプレートを置いた。

「おぉー今日も美味そう」

「あれ、この匂い。今日はトマトパスタのはずじゃ――あぁ、なるほど。彩人君が来ているのか。いらっしゃい」

彩人が匂いと見た目を堪能している中、リビングのドアが開き、ダンディなイケメンがリビングへ入ってきた。

莉里の父である雅紀だ。

彩人が来ることをメッセージで送ったのだが作業に集中し過ぎてスマホを見ていなかったのだろう。

リビングに漂うハンバーグの匂いに不思議そうな顔をしていたが、彩人の姿を発見したところですぐに納得へと変わり、温和な笑みを浮かべ彩人を歓迎した。

「雅紀さん。どうも、お邪魔してるっす」

「家に来るのは久しぶりだね。最近調子はどうだい？　高校生活は楽しいかい？」

「色々バタバタしてるっすけど、めっちゃ楽しいっすよ。友達も出来て、何より莉里が同じクラスに居るんで」

「そうかいそうかい。なら、良かったよ。莉里から近況は聞いてたんだけどね。彩人君の口から改めて聞けて安心したよ」

雅紀は彩人の対面に座り、二人で談笑を始めた。

内容は完全に親戚のおじさんとするようなものと何ら変わらない。

別に血が繋《つな》がっているわけでもないのに。

ただ、それだけ雅紀も彩人のことを気に入っているという証《あかし》でもある。

正直、雅紀が他の子供にここまで優しい姿は未《いま》だに慣れない。

何故なら莉里が虐《いじ》められていたせいか、過去の雅紀は子供を毛嫌いしていたから。

『通行の邪魔だ、退《ど》け』

二人で買い物に行った際、道を塞いでいた中学生相手に底冷えするような声と侮蔑の籠もった目をぶつけていた父の姿は鮮明に焼き付いている。

あの時の雅紀を知っているだけに、本当に同一人物かとたまに目を疑ってしまう。

『ねぇねぇ、莉里。彩人君って何あげたら喜ぶかな？　話題の最新ゲーム機？　漫画全巻？　お高いテニスラケット？』

『そんなに高い物買わなくても喜ぶと思うよ？　マッ〇のハンバーガーあげるだけでも喜ぶから』

『よし、じゃあマッ〇カード十万円分にしよう』

『お父さんそれは流石《さすが》に高過ぎ！』

『何を言っているんだ、莉里食べ盛りの彩人君にはこれくらい必要だろう！』

特に彩人の誕生日を初めて祝う時は暴走して本当に大変だった。

当時、小学生の子供にそれは多過ぎると最終的に彩人の両親の力を借りて説得したのが記憶に懐かしい。

莉里の中にあった父親のイメージが大きく変わったのは間違いなくあの日だろう。

「んっ？　私の顔に何かついているかい？　莉里」

会話を楽しんでいる最中、莉里が雅紀のことを見ているのに気が付いたのだろう。

不思議そうに顔をペタペタと触る。

「ふふっ。別に、相変わらず仲がいいなと思って」

その姿が可笑《おか》しくて、莉里は吹き出し、素直に思っていることを口にすれば、

「そりゃあ、彩人君だからね。こんな良い子と仲良くするなんて当たり前だろう」

雅紀は彩人の横に行き肩を組んで笑った。

「おっ、雅紀さん。筋肉ついてきてるっすね。筋トレ順調みたいで何よりっす」

「おぉ、分かるかい。実は最近良い方法を見つけてね。毎日続けられているよ」

「本当っすか。飯食ったら、教えて欲しいっす」

「いいともいいとも」

「彩人ここに来た目的忘れないでよ。あと、お父さん今日はもう十九時過ぎてるんだから
あんまりうるさくしないでよ」

「わーってるって」

「うん。分かってるさ。やり方を軽く教えるだけにしとくよ」

筋トレ談議で盛り上がる男共に釘を刺し、莉里はテーブルに次々と料理を運んだ。

「「「いただきます！」」」

「ウマッ。今日のデミグラスソースいつもよりコクがあって最高っす。これでハンバーガ
ー作ったらめっちゃ美味そう」

「ふふっ、今日は隠し味にゴディ〇のチョコ入れてみたんですが気に入ってくれたなら良
かったデース」

「お母さん隠し味に使うには贅沢《ぜいたく》過ぎない!?」

「うーん。確かにいつもより深みがあって美味《おい》しいよ。ママ」

彩人が来たことで、本日の夕食はいつもより賑やかなものとなった。

「初めて私達が彩人君の誕生日をお祝いした時。遅刻をしたのは実は莉里が彩人君の誕生日プレゼントを選ぶのに物凄《ものすご》く時間がかかったからなんですヨ。何にしようって凄く迷ってて可愛《かわい》かったですネ」

「ちょっ、お母さん！　それは言わないって約束でしょ」

「あはは、スイマセーン」

「あぁ、小一の時にくれたウエストポーチ。そんな悩んでくれてたのか。ありがとな。あれ今でも使えるからめっちゃ重宝してるわ」

「～～!?　そ、そう。なら、良かった」

「誕生日プレゼントで言えば、彩人君が莉里に初めてくれた青のリボン。莉里凄く気に入ってってあれから毎日付けてるよね」

「あれのお陰で莉里がオシャレに目覚めましたネ。もらってから色々とリボンが似合う髪型を模索してて可愛いかったでス」

「ボロボロになってどうしようってなってた時も最高だったね」

「そうですネ。泣きそうになってたところに彩人君がまた新しく他のプレゼントと一緒に渡してくれた時の顔と言ったラ。過去一の笑顔でしタ」

「そんな気に入ってくれてたのか。今のもちょっと色が抜けてきてるし来月の誕生日にまた新しいのプレゼントしてやるよ」

「……お願いだから。もう、やめてぇ〜……」

しかし、その代償として過去の恥ずかしい話を掘り起こされてメンタルゲージを大きく削られてしまったが。

概《おおむ》ね楽しい食事だった。

食後は皿洗いの手伝いをしている間に、雅紀が彩人に筋トレを教えていて案の定ドタドタと騒がしくなったりして頭を抱えた。

が、雅紀は莉里の言いつけを守り数分でしっかりと終わってくれたので助かった。

ずっとあのままだったら間違いなく近所迷惑で怒鳴り込まれていただろう。

「じゃあ、私の部屋に行っこっか」

「へーい」

色々と落ち着いたところで、彩人を連れて自室に戻る。

そして、二人並んで床に座りベッドに身体《からだ》を預けた。

これが莉里と彩人のいつもの形。

目の前にはモニターがあり、それを使ってゲームをしたりテレビを見たり、スマホをいじったり、小説や漫画を読んでダラダラしたりしている。

「よし、今度こそ読むか」

「頑張れ〜。逃げずにちゃんと読みきるんだよ？」

「わーってるよ。って、なんでこっちにもたれかかってくるんだよ。読みにくいな」

「彩人が逃げないようにするためだよ。ほらほら、私のことは気にしないで漫画を読みなさい。会長達のために頑張るんでしょ？」

「はぁ、しゃーねぇな」

この飽き性な幼馴染が逃げないよう身体をもたせかけ拘束すると、予想通り彩人は鬱陶しそうにする。

だが、すぐに莉里が引くことはないと分かったのか、彩人は諦めたように漫画を開いた。

ドッ、ドッ、ドッ、ドッ。

パラ……パラ……。

二人だけの静かな部屋の中、莉里の早まっている心臓の音と漫画のページを捲《めく》る音だけが耳に入る。

(何でこんなことしたんだろう？　私)

読み始めて早々、莉里は何故《なぜ》自分はこんなことをしているのかと心の中で悶《もだ》えていた。

逃がさないという名目で、彼にくっついているが本当はそんなのは体《てい》のいい言い訳。

ただ、彩人と触れ合っていたいからという莉里の我儘《わがまま》によって今の状況になっているのだが、やってみて後悔した。

この状況は色々と不味《まず》い。

早まっている鼓動の音を聞かれているんじゃないかと不安になるし、お互いシャワーを浴びていないので汗臭いと思われていないか心配だ。

一応、汗拭きシートで拭いているので問題ないと思いたい。

彩人の方から汗拭きシートの匂いと、微《かす》かに彩人特有の陽《ひ》だまりのような柔らかな匂いがするので多分大丈夫なはず。

むしろ、彩人の匂いが心地よくてそれを夢中で嗅いでしまっていて恥ずかしい。

何より、今彩人が読んでいる漫画にはこれと似たようなことをしているシーンがある。

それを見て、彩人に『お前俺に気があるの？』と言われそうで気が気でない。

勿論《もちろん》、それで意識してくれるなら望むところではあるのだが、上手《うま》くいく確証がないので怖い。

何故なら、この幼馴染《おさななじみ》の少年。読むことに集中していて全く反応を示さないのだ。

ただ、淡々と情報を得ようと読み進めていて、色恋沙汰について何かを感じている様子はない。

こんな状態で自分の気持ちを打ち明けても上手くいく未来が見えない。

今すぐにでも撤退したい気持ちに駆られるが、身体は正直で彩人の温《ぬく》もりを、匂いを感じていたいと言って離れようとしない。

困った身体だ。

ならば、どうするか？　と考えた時、莉里が出したのは、

（よし、寝よう）

現実逃避。

意識を手放してしまえば、恥ずかしさも不安も何もかも忘れられる。

情けないと思われるだろうが、今はこれしか道はないのだ。

莉里はそう自分に言い訳をしてキュッと目を瞑《つぶ》った。

「……」

真っ暗になったせいで、先程よりも感覚が鋭くなり最初は落ち着かなかったが、優しい彼の温もりに包まれていると思うと不思議と安心して。

なんだかんだ、心地好い気分のまま夢の世界へ旅立った。

◇

「スー……スー……」

「寝やがったこいつ」

漫画を読み始めてから十分が経《た》った頃、もたれかかってきていた莉里が寝息を立て始めた。

最近は動き回る機会が多く疲れているのは分かるが、人が慣れないジャンルで悪戦苦闘しながら読んでいるのに呑気《のんき》な奴《やつ》である。

このまま立ち上がって倒してやろうかと思ったが、まだ漫画を呼んでいる途中なのを思い出し、何とか踏《ふ》み留《とど》まる。

気を落ち着かせるため一息吐《つ》くと、彩人は読むのを再開した。

（この御曹司《おんぞうし》、めっちゃ似てるな会長に）

視線を戻し、漫画のキャラクターを見ていくとやはり似ている、見た目も中身も。

ぶっきらぼうながらも人を気遣う優しさや、周りに頼られているところとか特に似ている。

莉里がこの漫画の名前を挙げた理由がよく分かった。

だが、今のところそれだけ。何故匠が小雪に冷たく当たるのかまだ分からない。

早くヒントになるようなシーンが出てこねぇかなと思いながらページを捲っていると、あるシーンが出てきた。

『何だあの男は？　俺の幼馴染とやけに親しげにしているな』

『アイツ、あんな顔を見せるのか』

『俺には見せてくれないのに』

『もしかしたら、アイツは俺じゃなくてあの男と一緒にいる方が幸せなんじゃないか？』

それは、幼馴染のヒロインが同級生と仲良くしているのを御曹司が目撃してしまったというシーン。

長年一緒だった幼馴染が自分の知らなかった一面を見せることに、御曹司君は不安を覚え、この後ヒロインから距離を取ったり冷たく当たったりしている。

自分と恋人関係にあると思われると彼女の邪魔になってしまうから。

そんな理由で御曹司は幼馴染と距離を空けようとしていた。

（完全にこれじゃね⁉　今の会長って）

彩人の中でビビッと電流が流れた。

――絶対にこれだ。

他の人達の意見を聞いても感じることのなかった衝撃。

完全に腑《ふ》に落ちた。

そもそもおかしいと思っていたのだ。

いくら、周りに婚約者だと勘違いされたくないからといって、あの性根の優しい匠が小雪を傷つけるのはどうしても違和感があった。

小雪のことを嫌っているのかとも思ったが、それはない。

よくよく振り返れば上級生の喧嘩《けんか》の時、小雪に強く当たったのは、彼女を巻き込まないためだったのかもしれない。

実際あの二人を止めるには強引に割って入るしかなく、それで匠は気付いた。

幼馴染が傷つく。

そう分かっているなら、彩人も似たようなことをするかもしれない。

まぁ、あの程度の幼稚な喧嘩なら彩人は放っておくかもしれないが。

車に轢《ひ》かれそうになったとか、高い所から落ちそうになっているとかなら、彩人は自分よりも莉里が助かる方を優先する。

それだけ幼馴染のことが大切だから。

幸せになって欲しいから。

おそらく匠も同じなのだろう。だから、この漫画に出てくる御曹司のように匠も振る舞っている。周りに婚約者だと勘違いされて、小雪の邪魔をしたくないから。

あえて嫌われるようなことをしている。

（……気に食わねぇ）

理解した。

理解は出来た。

だが、確かに生徒会メンバーの郷田《ごうだ》が言っていたように納得は出来ない。

これでは、匠が損するだけではないか。
ただ、単に幼馴染の小雪に嫌われてしまうだけ。
匠には何も良いことがない。
そんなのあんまりだ。
幼馴染の幸福を考えるあまり、自分を蔑《ないがし》ろにするのは間違っている。
彩人は我儘で強欲で子供だ。
どちらか片方を切り捨てるなんて大人な選択は出来ない。
選ぶなら、どちらも幸せになれる方法しか選びたくない。
(気付かせてくれってこういうことだったのか)
変に大人のように振る舞おうとしなくていい。
それを生徒会の二人は匠に気付かせて欲しかったのだろう。
なら、彩人のやることは一つ。
真っ直《ます》ぐそれを匠に伝えること。
それだけだ。
「……ありがとな」
横で眠る莉里に彩人はお礼を言う。
彼女のおかけでこの事実に気が付くことが出来た。

褒美に頭を撫《な》でてやると「ん〜」と気持ちよさそうな声を上げた。

「よし、じゃあとりあえず読み切るか」

理由は分かった。しかし、まだまだこの漫画には有益な情報があるかもしれない。

そう思った彩人は残りのページを読み進めることを決め、また興味深いことが分かった。

『あぁ、俺はコイツのことが好きなのか』

ラストの間際、幼馴染との話し合いにより御曹司が彼女の幸せを願った本当の理由が幼馴染の女の子が好きだからということが判明した。

彩人としては幼馴染だから当たり前なのでは？　と思ったが、でもこの御曹司がそう自覚しているのなら多分そうなのだろう。

これが匠も同じなのか恋愛に疎い彩人には分からない。

だが、もしも同じならやはり、彩人は冷たく当たるのは止《や》めた方がいいと思った。

まるで漫画みたいに御曹司とヒロインが幸せになれとまでは言わない。

けど、好きな相手に嫌われたままなのは絶対に辛《つら》いから。

「凄《すご》いな、すげぇ進んだ気がする」

パタンと全てを読み切り漫画を閉じた彩人はしみじみとそう呟《つぶや》く。

たった一冊の漫画で大きく問題解決に進んだ。

振り返ってみれば、この漫画に書かれていることは全て合っているように思えた。

それくらいにこの漫画は心の機微を捉えている。

パラッと最後に流し読みをしていると、中盤の方にあったイベントが目についた。

『あまり人前で寝るなよ。お前は可愛《かわい》いから勘違いされるぞ』

『……だいじょうぶだいじょうぶ。おんなのこはすきなひとのまえでしかこんなことしないから』

それは、ヒロインが寝落ちした時の話。

最初は匠のことで頭が一杯で何とも思うことなくすぐに飛ばしていたシーン。

だが、今は違う。

余裕が出てきて、この場面の意味を咀嚼《そしやく》するとすぐに目が幼馴染《おさななじみ》の方にいった。

このシーンが全ての女の子に当てはまるのだとしたら。

今無防備な姿で寝ている莉里は彩人のことが――

「――好き……か」

自分で呟いてみて、彩人はイマイチ実感が湧かなかった。

別に言葉の意味を理解していないわけではない。

心惹《ひ》かれること。

気に入ること。

昔国語の辞書で引かされたので覚えている。

ただ、辞書に書かれていること以上にこの言葉は複雑だ。

好きにも幾つかの種類がある。

友人として。家族として。異性として。

どこまで気に入っているのか、どこまで心惹かれているのか。

そこにも基準があって、またその基準も人によって異なる。

だから、好きという言葉は酷《ひど》く曖昧で明確な答えが存在しない。

さっき読んでいた漫画のようにヒロインが御曹司に対して抱いている好きと、莉里が彩人に対して抱いている好きが同一か分からない。

「まぁ、そんなわけないよな」

ただ、この幼馴染に関してそれはあり得ないだろう。

莉里は昔から彩人の前で寝落ちしている。

同一であるはずがない。

「ていうかなんか熱いな。あ、莉里が引っ付いているからか。そろそろ起こすか、おーい」

「うーん？」

そう割り切り、莉里の身体《からだ》を揺らす彩人の頬は何故《なぜ》かほんのりと朱色を帯びていた。

第7章 勝手に決めるな

Ore no osananajimi ha Main heroine rashii

今から話すのはとある少年が見ている夢。

一人の不器用な少年の恋物語だ。


少年が六歳の時に開かれた社交会にてとある少女と出会った。

「よ、よろしくお願いしましゅ。白百合小雪《しらゆりこゆき》、ごちゃいです」

「っ〜〜⁉　よろしく。俺は宝城匠《ほうじようたくみ》、六歳だ」

初めて挨拶を交わしたその瞬間、匠は恋に落ちた。

今の小雪から考えられない辿々《たどたど》しい挨拶。

五歳にしては上出来な、だがいずれ上に立つ者としては酷く未熟で危なっかしいものだった。

誰かが見てやらなければ。

それ故に匠の庇護欲《ひごよく》を唆《そそ》ったのだ。

それから、匠は社交会やパーティで会うたびに小雪の側《そば》にいて、アドバイスをした。

『目下の者には基本会釈でいい、馬鹿』

『自グループにいる主要な役職にいる者の名前は全て覚えておけとあれほど言っただろう⁉　この阿呆《あほ》！」

『は、はい、分かりました』

しかし、匠は捻《ひね》くれていて。

どうしても優しく言うことが出来ず、鬱陶しそうにしつつも優しい小雪は匠のアドバイスを聞き続けた。

なんだかんだ、そのお陰もあってか分からないが数年後。

小雪は何処《どこ》に出しても恥ずかしくない淑女になった。

誰もが目を奪われるほどに美しく、周りの者を魅了するほどの立派なレディに。

だが、その時からだ。

『……ご機嫌よう、匠様』

『笑顔がぎこちない、出直してこい』

彼女の顔が陰っていたのは。

匠は後に両親から聞いて知ったことだが、小雪は彼女の両親と幼い頃からずっと上手《うま》くいっていなかったらしい。

厳しくすることしか知らなかった小雪の両親は、娘に対してどう接していいのか分からず冷たくあしらったり、避けていたようだ。

その結果、小雪は親に愛情を期待するのを止め、代わりに周りに愛情を求めるようになったらしい。

が、小雪はグループ代表の一人娘。否《いや》が応でも特別扱いし、皆《みんな》小雪のことを敬いこそすれ愛情を注ぐ者はおらず、彼女は絶望していた。

そんな時、同じ立場にいる匠にとある話が回ってくる。

『ウチの娘を助けてくれないか？』

と、小雪の両親が匠に頼んできたのだ。

同じ立場にある匠なら、彼女の求める存在になれると期待して。

だが、悲しいかな。

匠は相変わらず小雪の前では素直になれないシャイボーイ。

そんな匠が彼女の求める真っ直ぐな愛情を渡せるはずもなく、結果は失敗。

いつも通り、小雪の粗を探しネチネチとそれを指摘することしか出来なかった。

小雪の両親は落胆したが、いつか匠が素直になれる可能性に賭け、引き続き娘を頼むと言われた。

それから三年が経過した頃、転機が訪れる。

小雪を普通の一人の女の子として扱い、愛情を注ぐ者が現れたのだ。

名前は西園春樹《にしぞのはるき》。

高校に入ったばかりの新入生で匠が長年かけても開けられなかった心のドアを彼はあっさりとこじ開け、小雪の心を奪った。

――ふざけるなよ。

悔しかった。

嫉妬でどうにかなりそうだった。

ポッと出の男にずっと片想《かたおも》いをしていた相手を掻《か》っ攫《さら》われたのだ。

面白いわけがないだろう。

どうにかしなければ。

『匠君、小雪と婚約してみないか？』

『えっ？』

そう匠が思っていた時、小雪の両親から婚約の話を持ちかけられた。

婚約をすれば小雪の見る目も変わるかもしれないという希望的観測で。

ツイていると匠は思った。

すぐに婚約の話を受けようと思ったが、ふと小雪の幸せそうな顔を思い出し冷静になる。

こんな自分が小雪の幸せを奪っていいのか？

と。

良いわけがなかった。

長年ずっと近くにいて何もしてやれなかった自分より春樹といる方が幸せになれるはずだ。

『すみません。俺は小雪と婚約は出来ません』

だから、匠は婚約の話を蹴った。

『何故だ⁉ 君はあんなに小雪のことを想っていただろう⁉』

『そうよ。嘘《うそ》をつかなくてもいいのよ匠』

当然親達からは問い詰められた。

定期的に小雪との関係について揶揄《からか》っていた彼らは、匠がいかに小雪のことを好いているか知っているのだ。

当たり前だろう。

だが、匠は頑《かたく》なに否定した。

自分達は仲が悪いと。

しかし、それでは両親達は納得しなかった。

この日から親達を納得させるため、小雪に嫌われようと苦しい演技をする日々が幕を開けた。

◇

次の日の昼休憩。

今にも雨が降りそうな曇り空の中、彩人《さいと》は教室を飛び出し秘密の庭園に訪れた。

「どもっす」

足を踏み入れて早々、水やりをしている匠と遭遇。

「あぁ、お前か」

軽く挨拶を交わすと、横に並んだ。

「「……」」

昨日のことがあるからか二人の間には気まずい空気が流れる。

が、彩人はこういった空気が嫌いだ。

黙っているとムズムズして仕方がない。

すぐに我慢の限界を迎えた彩人は単刀直入に切り出した。

「生徒会長にとって白百合先輩《幼馴染》はどんな存在ですか」

と。

「……そうか。知ったのか」

「はいっす。友人に協力してもらって色々と」

それを聞いて、水をやっていた匠の手がピタッと止まった。

横顔を窺《うかが》うとそこには傍観の色が浮かんでおり、匠は手に持っていたジョウロを地面に置いた。

どうやら今回は観念して聞いてくれるようだ。

「一つ。質問に答える前に聞きたいんだが、逆にお前にとって幼馴染《おさななじみ》はどんな存在だ？」

と思ったら、匠から同じ質問を聞き返された。

「一緒に居て気が楽な相手っすね。長い間一緒に居るから相手の好きなこととか嫌がることがよく分かっているんで。まぁ、分かっててもうっかりやっちゃうことはあるっすけど。それでも、何だかんだ一緒に居てくれるかけがえのない大切な存在っす」

出鼻を挫《くじ》かれたような気持ちになったが、彩人は匠が話してくれるならと自分の考えを伝える。

すると、「お前らしい答えだな」と匠は酷く羨ましそうな顔をした。

「そうっすかね？」

彩人としては普通のことを言っているだけで、そんな顔をされる理由が分からなかった。

「あぁ、本当に水無月《みなづき》らしい。世間の幼馴染というものはお前が思っている以上に薄っぺらい。昔は仲が良かったが今は遊びに行くことも、喋《しゃべ》ることも滅多《めった》にない。知り合い的な扱いが殆《ほとん》どだ。中には途中で喧嘩《けんか》別れをして完全に疎遠となる者もいる。水無月と街鐘《まちがね》さんのように仲が良いのは大変稀有《けう》だ。きっと、今も仲が良いのはお前の力なのだろう」

だが、匠曰《いわ》く彩人の幼馴染像は普通ではないらしい。

本来の幼馴染の関係はもっと冷めていて仲良くない。

仲が良いのは彩人のお陰なのだとも言われたが、イマイチ実感が湧かなかった。

何故なら彩人としては普通に接していただけなのだから。

「そうなんすね。じゃあ、もう一度聞くっすけど生徒会長にとって幼馴染はどういう存在なんすか？」

釈然としない気持ちを抱えながらも、彩人は改めて匠に意見を問うてみる。

「古くからの知り合い。特別な存在ではない。俺にとって幼馴染という言葉は知り合いの別称だ」

返ってきたのは、先程匠が話した幼馴染像そのまま。

匠と小雪は薄く冷めた関係なのだと匠は言う。

だが、彩人は嘘だと思った。

理由は、これを言った時の匠の顔が陰っていたから。

「知り合いだから、嫌われてもいいと？」

「あぁ、関係が切れてもなんら問題はない」

「婚約の話が上がってるのにっすか？」

「ッツ⁉　お前何処でそれを知った⁉　答えろ‼」

匠の本心が知りたい。

そんな気持ちで彼に疑問をぶつけていたら急に、般若《はんにゃ》のような形相で彩人の胸ぐらを摑《つか》んできた。

「うおっ！　お、同じクラスの友人がそんな噂《うわさ》を聞いたって言ってたっす」

「そんな噂俺は知らんぞ。父の謀《はかりごと》か、ふざけるなよ。おい、その友人を今すぐに呼び出せ。噂を流した奴《やつ》の特徴を聞き出す」

「落ち着いて欲しいっす生徒会長。いきなり、どうしたんすか？」

「どうもこうもない！　……クソッ、ふざけるなよ。余計な真似《まね》をするなとあれほど言ったのに。俺の苦労を無駄にする気か」

あまりの変わりように彩人は困惑。

何とか摑まれている手を引き剝がし、落ち着くように言ったが効果はなし。

何やら苛立《いらだ》たしそうにブツブツと呟《つぶや》いている。

このままでは話を聞いてもらえなそうな雰囲気なので、彩人は失礼を承知で匠にチョップした。

「ッ！　何をする⁉」

「いや、落ち着いて話も聞いてくれなそうだったんで。一発失礼したっす」

「水無月お前って奴は！　……いや、すまん。少々熱くなっていた。見苦しい姿を見せた」

当然、匠は怒ったが流石《さすが》は聡明《そうめい》な生徒会長。

すぐに意図を理解したようで、落ち着きを取り戻した。

「別に良いっすよ。あと、なんかよく分からないんすけど勘違いしてそうなんで言っとくっす。この噂は生徒会長と白百合先輩の親が仲が良いって記事を見て、二人が幼馴染だと分かった女子達が勝手に妄想した可能性があるらしいっすよ。友人曰く、『幼馴染同士の婚約は鉄板だよね〜』って言ってたっす」

「何だその口調は？　まぁ、すぐ決めつけるのは早計だった。確かに、女子は何かと色恋沙汰に結びつけたがるからな。あり得る話だろう。……まぁ、でも一応調査をさせておくか」

「それにしても、さっきの慌てっぷりは凄《すご》かったっすね。俺の努力が何とかどうとか。やっぱ、白百合先輩のこと。ただの知り合いなんて思ってないっすよね？」

ごく僅かな時間の錯乱。

だが、墓穴を掘るには充分で。

彩人はニヤニヤしながら問い詰めると、匠は「ウッ」と気まずそうに顔を逸《そ》らし、やがて観念したように息を吐いた。

ここまでくれば後は彩人のワンサイドゲーム。

「確かに俺は小雪のことを知り合い以上の幼馴染だと思っている」

「どんな風に思っているんすか？」

「……手のかかる妹分」

「他には？」

「顔も良くて性格のいい女」

「まだありそうっすね。もう一声」

「……チッ。いい加減にしろ。あぁ、もう言えば良いんだろう。言えば！　好きだよ。俺は小雪のことを大切に思っている」

「おぉ〜、マジっすか⁉」

「何でお前が驚いている！　ある程度予想は付いていたのであろう⁉」

「うぃっす。まぁ、でも、もうちょい捻《ひね》くれたやつが出てくると思ってたんでそんなストレートに言われるのは想定外っすね」

質問攻めにしてやれば、匠が小雪をどう思っているのか出てくる出てくる。

一瞬にして匠が小雪という幼馴染のことが分かった。

「はぁ、で、お前はこれを言わせて俺にどうするつもりだ？　まさか、今更小雪に当たるのを止《や》めろとは言わんだろうな？」

赤裸々に自分の気持ちを語り、拗《す》ねる匠。

目線でこれだけ言ったのだから分かるだろうと訴えてきたが、生憎《あいにく》彩人は聞き分けのいい後輩キャラではない。

「はい、そうっすけど。よく分かったすね。会長はエスパーっすか？」

「お前は馬鹿か！　好きな相手にあんなことをするのは深い理由があるからだ。はい、そうでしたかと簡単に止められるわけがないだろう⁉」

キョトンとした顔で心の底からよく分かったと称賛すれば、人の覚悟を馬鹿にするなと匠はキレた。

「深い理由ってどうせ、この方が白百合先輩が幸せになれるからみたいな話ですよね？」

「ッ⁉　何故《なぜ》分かった」

「幼馴染に読ませてもらった漫画に会長みたいなキャラがいて、今の会長みたいなことしてたんで。自分じゃアイツを幸せに出来ないって」

「……俺はそんなに分かりやすいのか」

「王道の展開ではあるらしいっすよ。まぁ、俺から言わせてみればマジでくだらないっす」

だが、その覚悟は漫画にあった通りのもので。

彩人からすれば心底しょうもなかった。

何故こんなことをするのか分からないと軽蔑の目を向ければ、「なっ」と匠は言葉を失う。

「何が自分じゃ幸せに出来ないっすか？　そんなのやってみなけりゃ分かんねぇっすよ！　何がアイツのためだからっすか？　それで相手を傷つけるとか意味不明っす！　勝手に決めつけないで欲しいっす。勝手に話を進めて満足しないで欲しいっす。誰がそんなこと言ったんすか？　あの人に勘違いされたくないから離れてって言われたっすか!?　言われてねぇっすよね!?　その人が何をして欲しいかなんて本人に聞いてみないと分かんねぇよ！　勝手に楽な方に逃げて、勝手に自己満足すんな!!　楽な方に逃げずにちゃんと向き合えよ！　生徒会長！」

匠の肩を掴み、ありったけの想《おも》いをぶつける彩人。

今までの鬱憤を晴らすかのように矢継ぎ早に吐き出されたそれは、匠の心に響いたようで眼鏡《めがね》の奥にある瞳が大きく揺れる。

やがて、匠は下を向くとポツポツと小雪との関係について語り出した。

といっても、それは懺悔《ざんげ》に近いものだった。

小雪に対してずっと素直になれない自分への苛立ち。

苦しんでいる幼馴染を助けられない自分への不甲斐《ふがい》なさ。

長年片想いをしている女の子を他の男に取られたことに対する醜い嫉妬。

好きな女の子に対して嫌われることへの耐え難い苦痛。

何より、こんな自分が今更小雪と向き合っていいのかという大きな不安。

それを全て聞き終えた彩人は匠の不安を吹き飛ばすように快活に笑い、グッドポーズをしながらこう言った。

「多分、大丈夫っすよ！　なんとかなるっす。俺の勘がそう言ってるっす」

「ここに来て急に無責任だなお前は⁉」

「えぇ、俺の勘って結構当たるって評判なんすよ？」

「だとしても、全然説得力がない！　もうちょっと何かあるだろう？」

最後の最後になって酷《ひど》くいい加減なエールを贈る彩人に、匠は抗議の声を上げる。

ただ彩人としては思いつく限りの最上級のことをしているだけに、どうしたものかと頭を掻《か》く。

（気の利いた言葉考えるの苦手なんだよな、俺）

心の中で言い訳をしていると、匠が縋《すが》るような目をしていて。

（先輩が今から頑張ろうっていうのに俺が頑張んないのは筋が通らないか）

「分かった、分かったっす。じゃあ、最後にこれだけ言わせてもらうっすね」

彩人は覚悟を決める。

きっと、ここでかける言葉によって匠の今後が変わる。

良い方向に転ぶのか悪い方向に転ぶのか。

責任は重大だ。

だから、必死に考えてもう一度エールを贈る。

「白百合先輩のために、ここまで一生懸命悩んで苦しんで傷ついてくれる人をあの人が拒むはずがないっす。元々そう思ってたっすけど、先輩の話を聞いて確信したっす。だから、いつもみたいに堂々と行きましょうや。生徒会長殿？」

これが彩人に出来る精一杯。

真面目な雰囲気は性に合わないので、最後の方でおちゃらけてしまったけれど。

それにより彩人らしさが出ていて。

匠は「ふっ」と鼻で笑うと、次いで「そうだな」と満足気に頷《うなず》いてくれた。

第8章　ズルい

Ore no osananajimi ha Main heroine rashii

ガヤガヤと騒がしい昼休みの校内を莉里《りり》は一人彷徨《さまよ》っていた。

（今日もいつも通り一緒に食べると思ってたのに、急に飛び出してくなんて。朱李《しゅり》ちゃんとミナカちゃんは学食だしどうしようかな？）

いつもならば既に彩人《さいと》と屋上にいる頃合い。

だが、今日は幼馴染《おさななじみ》の少年が用があるからと昼休みになってドタキャン。

そのため、友人達と約束を取り付けることも出来ず莉里はお昼をどこで食べようか困っていた。

「用事があるなら朝のうちに言っておいてよね」

この事態を生み出した幼馴染に毒を吐きつつ、とりあえず自販機で紅茶を購入。

「街鐘《まちがね》ちゃんマジで可愛《かわい》いよな」

「分かる。あの真っ白な足に頬擦《ほおず》りしてぇ」

外のテラス席に目を向けると全て埋まっていて、また周りの人達から視線が自分に集まっているのを察知。

その中に一つ気味の悪いものを感じ取って、ゾクゾクと駆け抜ける悪寒に従い莉里は足早にその場を離れた。

教室に戻るか、屋上に行くか。

莉里の中にある選択肢は二つ。

本当は誰もいない空き教室があれば良かったのだが、その辺はしっかりしていて授業が終わるとすぐに閉められ、毎日警備さんが鍵のチェックをしているので絶対に開いていない。

それゆえタイムリープ前は、人の目から逃れるためトイレで食べることも何度かあったが、あれは精神的に最悪だった。

あれは本当にどうしようもなくなった時のリーサルウェポン。

出来れば普通のところで食べたい。

『屋上のここの席は人目につかないのでオススメですよ』

そんな時、昔小雪《こゆき》に言われたことを思い出した。

屋上にはたった一箇所だけ誰の目にも入らない死角が存在する。

それは、テラス際の生垣。

一見すると際スレスレにあるように見えるが、実は一箇所だけ余白があって、奥に入ると実はベンチが一つ設置されているのだ。

彩人や友人がずっと側《そば》に居て今まで一人になりたいと思うことが少なく、今の今まで完全に忘れていた。

「久々に行こっかな」

何となく懐かしい気持ちになり、足は言葉よりも先に屋上へ向かって歩き出していた。

階段を足早に駆け上がり、屋上に出ると顔ぶれは普段と変わらない。

程々な数の生徒がいて、各自思い思いに寛《くつろ》いでいる。

彼らにバレないようソーッと、莉里は移動し周りを確認。

誰にも見られていないことが分かると、生垣の中に突っ込んだ。

ギリギリ人一人が通れる隙間を進み、すぐに開けた場所に出る。

二畳ほどのスペースにポツンとベンチが一つあり、そこには先客がいた。

「白百合《しらゆり》先輩？」

「街鐘さん？」

莉里にこの場を教えてくれた張本人で、一つ歳上の先輩。白百合小雪がベンチに座っていた。

こちらを驚きの顔で見つめる彼女の目元は何故か赤く腫れていた。

「何でここを知っているのですか？　ここは私だけの秘密の場所なはずです」

揺れる瞳でこちらを見据えながら、何故知っているのかと問いかけてくる小雪に莉里は冷や汗を流す。

（不味《まず》い）

本来ならここは一年生の七月くらいまでは彼女だけが知るシークレットゾーン。

人目が怖いと打ち明けた莉里を見かねて特別に小雪が教えてくれた場所だ。

それを何故知っているのか？　という彼女の疑問は当たり前で、莉里は脳をフル回転させ必死に言い訳を考える。

「えっと、あ〜彩人が昼休憩中に『ここスペースありそうじゃね』と言って、ここに突っ込みまして偶然見つけました」

「なるほど。好奇心旺盛な彼ならあり得そうですね」

何とか絞り出した言い訳は、どうやら小雪を納得させるには充分だったらしく。

間一髪のところで危機的状況を脱した莉里はホッと息を吐く。

「街鐘さんが使うなら私はここで失礼しますね」

小雪は莉里の持つお弁当を見ると、事情を察したらしく立ち上がり、その場を後にしようとする。

「あ、あの、先輩大丈夫ですか？　私は他のところ——」

が、莉里はそれを止めた。

小雪の目元が赤くなっているということは、それだけ落ち込むことがあったから。

一人になりたいのはきっと小雪の方のはず。

莉里としてはただ気を利かせただけの言葉。

だが、それは小雪の触れて欲しくない部分に触れしまったようで。

「……大丈夫？　大丈夫なはずがないでしょう⁉」

彼女は珍しく怒りの形相を浮かべ大声を上げた。

「何故？　なんで？　どうして貴方《あなた》ばかり⁉　大切にして愛してくれる両親も、素敵な幼馴染も、彼からの寵愛《ちょうあい》も、持っているのですか⁉　ずるいずるいずるいずるいずるいずるいずるいです。私にだって一つくらいあったって良いじゃないですか⁉　なのに、どうして？　……せっかくやり直せたのに。何でまた苦しまないといけないんですか⁉　何でまた邪魔をするのですか⁉　私だって幸せになったっていいじゃないですか⁉　嫌い。嫌い嫌いです。私をこんなにも苦しませる貴方のことが大嫌いです！」

「……え？」

まさか小雪からいきなりこんな激情をぶつけられると思っておらず、莉里はショックで固まる。

「だから、構わないでください！　私に近づかないでください！　お願いですから！」

啞然《あぜん》とする莉里を置いて、小雪は最後に吐き捨てるような縋るような言葉を残し、ガサガサと生垣を掻《か》き分け去っていった。

(どういうことなの⁉　小雪先輩までタイムリープしてるなんて聞いてない！　まぁ……してても言ってくれないと思うけど。えぇ〜嘘《うそ》。まさかの三人目は完全に予想外だよ。こういうのって一人か二人がお約束じゃないの⁉　あーもう、意味分かんないよ！)

取り残された莉里はパニック状態。

あまりの情報量に何が何だか分からなくなってしまった。

「スゥ――。ハァ――」

(お、お、落ち着いて落ち着いて。と、とりあえず一個一個思い出して確認していこう。最初は――)

一度深呼吸をし、とりあえず莉里は事態の把握に努める。

何故《なぜ》、小雪は泣いていたのか？

――分からない。

何故、急に怒ったのか？

――分からない。虫の居所が悪かっただけ？

何故、小雪に八つ当たりされたのか？

――どうやら、彼女が私に対して複雑な感情を抱いていたかららしい。

優しい幼馴染や家族がいることへの羨望。

甚だ不本意だが、春樹《はるき》の意識が莉里の方に向いてしまっていることへの苛立《いらだ》ち。

せっかく、タイムリープをしているのに上手《うま》くいかないことへの不満。

何より自分の欲しかったものを全て持っている莉里への強烈な嫉妬。

これらが全て混ざって肥大していた感情を、莉里が触れてパンクさせてしまったようだ。

以上のことから、一つ前の問いについての答えが分かったが、最初の問いである何故泣いていたかまでは分からなかった。

「何があったんだろう？　まぁ、どうせ春樹の奴《やつ》が変なことしたんだと思うけど」

あそこまで感情が揺さぶられていたということは、元カレが絡んでいるに違いない。

本当余計なことしかしない、と莉里は溜息《ためいき》を吐《つ》きベンチに身体《からだ》を預ける。

「……どうしたら良かったんだろう？」

右腕で両目を隠し、独り言を吐く。

別に傷つけたかったわけじゃなかった。

小雪は過去の世界で物凄《ものすご》くお世話になった恩人の一人だ。

彼女の幸せを邪魔しようなんてこれっぽちも思っていなかった。

むしろ、彼女には幸せになって欲しいと心の底から思っている。

「二人が付き合えるように動くべきだった？　でも、瑞樹《みずき》ちゃんにも頑張って欲しいし、あと少しでやってくるあの子にも頑張って欲しいし……あぁ～もう、難しいな」

でも、春樹を巡って戦った他の女の子達も一人を除いて皆良《みんな》い子で。

誰か一人に肩入れするなんて莉里には出来そうもなかった。

ただ、あんなに追い詰められている小雪を放っておくことも出来ない。

完全な板挟み状態になった莉里はやるせない気持ちを吐き出すように「……うがぁ～」と呻《うめ》く。

すると、ガサガサと音がして。

「何してんだ莉里？」

幼馴染の少年が姿を現した。

「さいと～」

その瞬間、謎の安堵《あんど》感が込み上げて莉里は情けない声を出して抱きつく。

「おーよしよし。俺が居なくて寂しかったか？」

「違うけど、とりあえずそういうことでいい」

彩人にはその姿が、お父さんが居なくなって寂しがる子供のように見えたらしく、頭を撫《な》でてくる。

子供扱いされていることに釈然としない気持ちになるが、それ以上に頭を撫でられるのが心地いいので不満をグッと呑《の》み込み、なでなで天国をしばらく堪能した。

「で、何があったんだ？」

彩人が撫でるのを止め、二人並んでベンチに座ったところで何があったか尋ねてくる。

出来れば何もかも言ってしまいたい気持ちに駆られるが、それをするとなるとタイムリープをしたことまで話さなくてはならなくなるので泣く泣く却下。

「まぁ、ちょっと喧嘩《けんか》みたいなのしちゃって。落ち込んでた」

かなりボカして事情を説明した。

「なるへそ。それでボコボコにし過ぎて反省してたと」

「そうそう。って、私はそんなことしてないからね！　これは彩人の中で私のことをどう思っているのかじっくり聞く必要がありそうだね」

「いだだだ、俺が悪かったって。謝るから許してくれ」

それで、莉里があまり深く話すつもりがないと彩人も分かったのだろう。

いつも通りのなんてことない戯れに昇華し、落ち込んでいた気分が幾分かマシになった。

「それより、彩人は何してたの？　昼休みになってすぐ用があるって教室から出ていったけど」

話が一区切りしたところで、今度は莉里が彩人に昼休みの間に何をしていたのか尋ねる。

「あぁ、会長のところ行ってた。白百合先輩の件で話をしに」

「昨日の今日で行動早っ！　で、どうなったの？」

「上手くいったぞ。仲直りするために頑張るってさ。本当、嫌われたくないのなら嫌われるようなことすんなよな。面倒くせぇ」

「アハハハ、ソウダネー」

この話しぶりを見るに、どうやら匠《たくみ》が抱えている問題を力業で解決してきたらしい。

何というか彩人らしいと思った。

それと同時にこの幼馴染《おさななじみ》に目をつけられてしまった匠に同情もした。

彩人は簡単なことだと思っているようだが、素直に自分の気持ちを口にするというのは難しい。

しかも、思春期真っ盛りの時期となれば余計に難しい。

そんな思春期男子をガサツな彩人がやる気にさせたということは、相当強引なことをしたに違いない。

(可哀想《かわいそう》に)

あまり交流はないが、莉里は心の中でご愁傷様と匠に手を合わせた。

「会長の話を聞いてみて分かったけど、白百合先輩ってすげぇな。あの人昔からネチネチ嫌味《いやみ》言ってくるだけだったのに、俺に『普通の関係ですよ』って言ってたんだぜ。俺なら絶対苦手な奴か鬱陶しい奴って言うぞ」

匠とのやり取りを思い出して、彩人は小雪のことを褒めた。

別に遊んだわけでもなく、特別な思い出があるわけでもない。

ただ、嫌味を言ってくるだけの幼馴染とよく交流していたな、と。

「私も。白百合先輩と同じ立場なら絶対言えないと思う」

莉里も彩人と同じ意見で首を縦に振る。

そんな相手とずっと関係を持つなど嫌だ。

何処《どこ》かしらで関係を断とうとするだろう。

「……まぁ、でも白百合先輩の事情を考えると内心では喜んでたのかもな。対等に接してくれたのが」

頭の中で存在しないはずの嫌味な幼馴染を投げ飛ばしていると、彩人がふとそんなことを呟《つぶや》いた。

「どういうこと？」

莉里はそれを聞いて思わず？マークを出す。

小雪がマゾということだろうか？

いや、流石《さすが》にこの幼馴染の真剣な口調からそれはあり得ないだろう。

莉里は大人しく彩人の次の言葉を待った。

「白百合先輩って昔から親と上手くいってなかったらしい。だから、なんていうか。うーん、寂しがりみたいでさ。でも、周りも周りで特別扱いしてくるから仲良くなれなくて。でも、そんな中、唯一昔から特別扱いせず、同じ態度で接してくる生徒会長のことを気に入ってたんじゃねぇかなって。まぁ、俺の勘だけど」

「そっか」

彩人が語った考察の中には、莉里の知らなかった弱い小雪の姿があって。

驚いたがそれ以上にあったのは安堵。

「………何だ。小雪先輩にも素敵な幼馴染がちゃんといるじゃないですか」

何もないと莉里を妬み、絶望していた彼女の手には素晴らしいものが既にあったのだ。

ただ、このままだと一度目のように気が付かぬまま失ってしまうだろう。

「よし！」

「どうした？　急に」

パチンッと、勢いよく両頬《ほお》を叩《たた》き、困惑する幼馴染を横に立ち上がる莉里。

そして、クルッと身体を回し彩人の方を向いて悪戯《いたずら》な笑みを浮かべ誘う。

「これからのことを考えて気合いを入れただけ。ねぇ、彩人？　生徒会長と白百合先輩がちゃんと仲直り出来るように手伝ってよ」

と。

今からやろうとしているのは莉里の勝手な自己満足で余計なお節介なのかもしれない。

でも、莉里はそうした方がいいと思ったから。

彩人が匠のためになると思って行動したように、自分も小雪のために行動をしようと思ったのだ。

「……いいぜ」

彩人は瞼《まぶた》を二回ほど動かした後、そう言って莉里と同じように笑いながら立ち上がった。

これから始めるのは我儘《わがまま》な幼馴染達による秘密の作戦。

誰もが幸せになれる未来を目指して。

「とりあえず、昼休みになったら明石《あかし》君に話をつけにいこうか」

「分かった」

ひっそりと動き出した。

幕間　妄執

Ore no osananajimi ha Main heroine rashii

昼休みも終わり間近。

「副会長、ちょっといい〜？」

「すみません。ちょっと急いでまして。また今度でお願いします」

「あーあー、行っちゃった。あんなドタバタしてたらパン——」

小雪《こゆき》は校内を駆けていた。

途中、他の生徒達から何回か声を掛けられるが、ありもしない用事があると誤魔化《ごまか》しひたすらに走る。

誰もいない静かな場所を目指して。

図書室、生徒会室、備品倉庫、人の居なそうな場所にいずれも中に人が居たので全てスルーした。

本当についていない。

こういう時、小雪は先程まで屋上の生垣に隠された秘密のスペースに行っていたのだが。

まさか、タイムリープをしてからまだ誰にも教えてもいないのに、今一番会いたくない女がやって来るなんて完全に想定外だ。

校内で小雪が思いつく場所はもはや行き尽くした。

となると、次に向かうのはもう外しかない。

小雪は教室に戻っていく生徒達の波に逆らって校舎を出る。

ドンッ。

「ごめんなさい。不注意でした」

五十メートルくらい走ったところで、誰かとぶつかり小雪は尻餅をつく。

「あぁ、別に大丈夫だ。って、小雪？」

相手の顔を確認すると、ぶつかったのは運の悪いことに匠《たくみ》だった。

(何故《なぜ》ジョウロなんかを持っているのでしょう？　それに、一、二年側の校舎付近で何を？　……いえ、今はそんなことはどうでも良いんです。とにかく落ち着ける場所へ)

匠が何故ここにいるのか疑問は尽きなかったが、すぐに小雪の脳が危険信号を出す。

「……会長。失礼します」

このままだと、また何か嫌味を言われる。

最近の匠は切れ味が鋭いので、弱っている現在それはかなり堪《こた》える。

すぐさまそう判断した小雪は立ち上がり謝罪をすると、また駆け出した。

「おい、ちょっ今から授業だぞ――プッ！　おい、お前見えて――」

去り際に何かを言われたような気がしたが、運がいいのか悪いのか小雪の耳には届かず。

普段誰も立ち入らない暗い森の中へ入っていった。

纏《まと》わりつくようなジメジメとした空気を我慢しながら進んでいくと、少しして視界が急に明るくなる。

「ここは、庭園でしょうか？」

タイムリープを合わせて約三年と少し星羅《せいら》高校にいることになるが、こんな場所があるなんて小雪は知らなかった。

しかし、すぐにここが元は植物園だったことを思い出し、その痕跡が残っているのだとすぐに納得する。

「綺麗《きれい》ですね。きちんと整備されていて夏には花が一面に咲きそうです。これを他の生徒が知ったら告白スポットとして有名になりそうですね。綺麗な花に囲まれて告白されるのは女の子の夢ですから。……それにしても、これだけ綺麗なら管理人さんが居そうですが見当たりません。休憩中でしょうか？　それなら少しだけ避難場所として使わせてもらいましょう」

そこまで長居するつもりもない。

自分の中で整理が付く間だけ。

と、心の中で言い訳をすると小雪は噴水の縁《ふち》に腰を下ろす。

息を吐き、考えるのは春樹《はるき》のこと。

昨日、小雪は自分の気持ちが抑えきれず春樹に告白し振られた。

振られた理由は。

『気になっている人がいるんです。今はその人のことで頭が一杯で。これを解決しないまま、誰かと付き合うのは失礼だと思うんです。だから、すいません』

とのこと。

分かり切った答えだった。

でも、優しい春樹ならという淡い期待はあって。

だが、他の女の子が気になっていると分かっていながら、告白して上手《うま》くいくはずがない。

それも、まだ出会って一ヶ月ちょっとの女からの告白。

この程度で揺らぐくらいだったら一度目にあんな苦労していない。

ただ、春樹と莉里《りり》にも同じことが言えるのだ。

それなのに、春樹の心の多くを占拠している。

ふとした時、向いているのはいつだって莉里の方。

そんなのずる過ぎる。

まるで、出来レースではないか。

小雪が毎日コツコツ積み重ねていたものよりも、莉里の一瞬の方が大きいなんて許せない。

「……やはり、運命を変えるなんて不可能なんでしょうか？」

ずっと、考えないようにしていたこと。

もし、二人が付き合うことが神様によって定められたものなのだとしたら。

小雪にそれを覆すことが出来るのか？

もし、出来ないのだとしたら何のために過去の世界に戻って――

「――ッ⁉　ヒュー、ヒュー」

そこまで考えたところで、小雪の胸がまた息苦しくなる。

（戻りたくない戻りたくない戻りたくない戻りたくない。独りぼっちはもう嫌。誰もまた愛してくれない世界なんて生きられる気がしない。だから、どんな手を使ってでも春樹君を手に入れてみせます）

もう、既に小雪の中では変えられる変えられないの問題ではなくなっていた。

変えなければ今度こそ死んでしまう。

この時、小雪の中にあった恋心なんて綺麗なものは消え去った。

代わりに芽生えたのは、ヘドロのように黒ずんだ醜いナニカ。

ただただ、自分のために。

どんな非難を受けようとも自分を愛してくれる存在《春樹》を手に入れる。

「ふふっ……ふふふ……」

空に浮かぶ黒い雲のように小雪は不気味な笑みを浮かべた。

第9章 体育祭と不穏な影

Ore no osananajimi ha Main heroine rashii

五月の終わりを控えた土曜。

「お前ら今日絶対に勝つぞ――――！」

「「「おおおお――――!!!!」」」

待ちに待った体育祭を迎えた生徒達のテンションは最高潮に達していた。

例に漏れず、彩人《さいと》も彩人のクラスも盛り上がっており、教室を出る前に円陣を組んで気合いを入れ、やる気は充分。

特に男子達は莉里《りり》や瑞樹《みずき》にかっこいいところを見せようと闘志を燃やしており、彼らなら絶対に勝ってくれる、そんな迫力があった。

誰よりも体育祭のために準備してきた彩人はそれを見て満足気に頷《うなず》いていると、チョンチョンと服を引っ張られる。

視線を下げるとそこには封筒を持った友人の海《かい》がいた。

「……これ。遅くなったけどようやく指定枚数分撮れたから渡しとく」

「……サンキュー、海。莉里曰《いわ》く余裕があったら今日も頼みたいってさ。行けるか？」

「……もち。任せといて」

まるで、時代劇に出てくる悪代官の取引のようにその場にしゃがみ秘密のやり取りを行う彩人と海。

「おーい、いとっち、かいっち。何してるの？　皆《みんな》もう行ってるよ〜」

しかし、ここは教室。しゃがんだところで隠れられるわけもなく、むしろ目立ってしまい近くを通りかかった朱李《しゅり》に声を掛けられる。

「私が鍵閉めなくちゃならないんだから、本当に早くしなさいバカ月」

「お茶とタオルは忘れないでね。今日は私の分勝手に飲んだら絶対許さないから」

「へいへい」

さらに、それに付随してミナカと莉里からも急《せ》かす言葉と注意の言葉を掛けられて、秘密のやり取りは中断。

彩人は封筒を自分の机に仕舞《しま》い、タオルを取り出すと海を連れて教室を後にする。

校舎を出ると、グラウンドは大勢の人で賑《にぎ》わっていた。

星羅《せいら》高校の全校生徒数は約六百人なので、両親が来ていた場合千八百人。

さらに、体育祭は学校が一般に開放される日でもある。そのため、ここにいる生徒の友人や彼氏彼女、見学に来た中学生などもいるので大体二千人くらいいるだろう。

例に漏れず、彩人の中学時代に仲良かった友人と部活仲間がやって来ていて。

「おーい、彩人！　見に来てやったぞー」

「マジで水無月《みなづき》星羅受かってたんだな。嘘《うそ》だと思ってたわ」

「お前がリレーでポカするのに賭けてるから、去年みたいに頼むぜ」

「お前ら久しぶり。相変わらず辛辣だな。せめて、応援の言葉くらい寄越《よこ》せよな」

「あっ、水無月君が前見せてくれた美少女幼馴染《おさななじみ》ちゃんいるよ」

「本当ね。めっちゃ美人なのは分かってたけどリアルで見ると顔面偏差値の高さがより分かるわ」

「おっぱいでかっ。世の中は不公平」

「あの～、不満そうな顔で触らないでくれます？」

彩人は久々の再会を喜び、また莉里の方も彼の幼馴染だと認知されており女の子達にもみくちゃにされる。

「おひさー、朱李。そろそろ彼氏は出来た？」

「おひさ～、もう、入学してまだ二ヶ月しか経《た》ってないのに出来るわけないしょ。付き合うのはもうちょっと時間をかけてお互いのことを知ってからね」

「ミナカちゃん、怪我《けが》しないように頑張ってね」

「ありがとう。程々に頑張るわ」

「ｗｏｗ、良い写真を撮りますネ」

「……ども」

「確かに良い写真だ。学生レベルとは思えない臨場感がある。卒業したらママの会社で雇ってみるのはどうだい？」

「それありデース。気が向いたらこちらに連絡をくだサーイ」

「……ども。えっ⁉　街鐘《まちがね》さんのお母さん⁉」

その間、ミナカや朱李も中学時代の友達と、海は何故かクリエイター気質な莉里の両親に絡まれていた。

「ガルルル、来るなって言うのに何で来たですか！　姉貴」

「あらぁ〜、可愛《かわい》い妹と幼馴染の男の子を応援に来るのは普通のことじゃな〜い？　そんなに怒らないで頂戴な」

「だったら、そのクソでかいぺぇを春樹《はるき》に押し付けるなです！」

「あ、あの瑞波《みずは》さん？」

「これは押し付けてるんじゃないの。たまたま当たってるだけよ。最近また大きくなって感覚が摑《つか》めていないだけ。まぁ〜、瑞樹には分からないかもしれないわね」

「〇す」

「瑞樹落ち着いて⁉　実のお姉さんにそれは不味《まず》いから」

一方、彩人達から離れたところでまた春樹が修羅場を潜《くぐ》っていたのだが、話すのに夢中になっていたため誰も気が付くことはなかった。

旧友らとの交流もそこそこに、彩人達は別れを告げると自分達のテントへ。

水筒とタオルを男子と女子別々に用意された籠に入れ、集合が掛かったため入場門に移動した。

「三組の皆さんはここでーす！」

「おっ、会長。調子はどうっすか？」

入場のため、全学年の生徒が一気に門の裏へ雪崩《なだ》れ込んでくる。

その流れに身を任せていると、偶然匠《たくみ》が隣に現れた。

「……これが良さそうに見えるか？」

「見えないっすね。まぁまぁ、長年の癖を直すのは時間がかかるんで、しゃーないっす。そもそも地道にやってくって話だったじゃないっすか」

匠の顔はぐったりとしていた。

おそらく、また小雪《こゆき》と距離を詰めようとして素直になれず失敗したのだろう。

『女のお前にはそれがお似合いだ。これは俺のだ（女の子に重たい荷物を持たせるわけにはいかないだろう）』

『ずっとそのまま作業をされても効率が悪いのが分からんか阿呆《あほ》。冷静になるために水でも浴びて頭を冷やせ（熱中症で倒れたら困るから水分補給してね）』

彩人が匠の説得をしてから、匠は小雪と仲直りをしようと接近するのだが、毎度毎度ツンデレのツンが発動してしまい上手くいっていない。

そのことに対して、匠は不甲斐《ふがい》なく思っているらしくここ最近は気落ちしている。

じれったい気持ちは彩人にもある。

だが、匠が小雪のために頑張っていることは知っているので肩を叩《たた》き励ました。

「……そうだな。とりあえず水無月は精一杯楽しめ。一週間前くらいからウズウズしてただろう。今日は余計なことを考えず暴れてこい」

「うっす。会長も頑張ってください。じゃあ、俺ここなんで失礼するっす」

匠の暗かった顔が微《かす》かに明るさを取り戻したのを確認したところで、彩人は自クラスの列に並んだ。

「『宣誓、僕達、私達はスポーツマンシップに則《のっと》り、正々堂々戦うことを誓います！　二〇〇〇年五月〇日　田中俊太、浜野みなみ』」

入場後、体育委員長の上級生が宣誓を行い体育祭がスタートした。

一年生最初の種目は台風の目。

プログラムの一番最初にある二年生の棒倒しの次にあるため、参加する彩人と朱李はテントに戻って早々、もう一度入場門へ行くことに。

「じゃあ、行ってくるわ」

「私も行ってくるね〜」

「……がんば」

「うん、水無月君と八雲《やくも》さん頑張ってね」

「朱李、怪我しないようにね。バカ月は心配するだけ無駄ね」

「彩人絶対に負けちゃ駄目だよ」

「ですです。負けたら他クラスに乗り込んで暴れてくるです」

「それもアリだな。って、まぁ、そんなことしなくても勝つから大人しく応援頼むぜ」

二人は友人達に出発することを伝えると、思い思いのエールを贈ってくれた。

それを背に彩人と朱李は歩き出す。

「ねぇねぇ、いとっち？　最近コソコソなんかやってるけど何やってんの？」

少し離れたところで、朝のやり取りが気になって仕方がないのかそのことついて尋ねてくる。

「別に大したことじゃねぇよ。ちょっと仲直りの手助けをしているだけだ」

莉里から『何をしているのかはあんまり言わないでね。漏れちゃうと白百合《しらゆり》先輩多分勘づくから』と言われているので、彩人はやんわりと内容を伝えた。

「ふーん、生徒会長と副会長まだ仲直りしてないんだ。まぁ、拗《こじ》らせてるから仕方ないかにゃ」

が、一度相談に乗ってもらっているため朱李にはあっさり看破されてしまう。

「あんま言いふらすなよ。あと、言っとくが、八雲の推理は間違ってたからな」

「マジ!? ウチ結構自信あったんだけど、超凹《へこ》む！」

朱李が見た目に反して口が堅いことは知っているので軽く釘《くぎ》を刺すだけに留《とど》める。

その後、彩人が勘違いを修正すれば朱李はガックシと肩を落とした。

どうやら、相当自信があったらしい。

莉里も同じ意見を出していたので仕方ないとは思う。

まさか、好きな人に嫌われようとするなんて誰も考えない。

何かしら原因があると考えるのが普通だ。

「ドンマイ」

「あざまる。まぁ、別に気にしてないんだけどね」

とはいえ、朱李は彩人と同じで物事をイチイチ気にしないタイプ。

すぐに立ち直りケロッとする。

「それより仲直りで言えばミナっちといとっちが仲良くなったのは意外だったよ。あの子、一度嫌った相手をとことん嫌うタイプだから。どんな手品使ったの？　催眠術？」

「……何でお前ら二人はそっち方面に行くんだよ」

話は変わり、ミナカと彩人の関係に移った。

入学してすぐ険悪だった二人がここ最近は、口調こそ悪いが以前より仲良くなっている。

それが予想外だったらしく、朱李は変なことをしたんじゃないかと疑ってきた。

ミナカ然《しか》り、莉里の友人は何故《なぜ》こういう発想に行き着くのだろうか？

少しだけ、幼馴染の選定基準に不安を覚えた。

「普通に仲良くなっただけだ。元々根は悪くないだろ神崎《かんざき》は」

彩人が特別なことはしていないと説明すれば、朱李は釈然としない顔を浮かべる。

「そうなんだけどね。それで懐くかどうかは別といいますか。まぁ、いとっちは馬鹿だから大丈夫だと判断したんだろうね」

だが、それも少しのこと。

勝手に自分の中で結論を出し納得するが、その中には彩人としては聞き捨てならないセリフがあった。

「おい、こら馬鹿ってどういうことだ？」

「そんな怒んないでよ。これでも褒めてるんだよ」

「なら、いいか」

「……ウチも大概だけど、いとっちも切り替え早いよね」

どういう意味だと詰め寄れば、朱李が褒め言葉として使ったことが分かり彩人の怒りは静まる。

そんな彩人に朱李は呆《あき》れていたが、少し前までちゃんと根に持っていた。

ただ、ここのところ良い意味で馬鹿だと言われることが増えたので、いちいち気にしなくなっただけ。

長年、莉里の隣にいたせいで周りの視線を気にしなくなったのと同じ原理だ。

「とりあえずこれからもミナっちと仲良くして欲しいな。あの子ウチと莉里ちゃん以外で話せる人あんまり居ないから。こういった縁は大切にして欲しいと親友のウチは思っているのです」

朱李はいつものニコニコとした顔に戻ると、友人を頼むと彩人に言ってくる。

「そんなことクラスメイトなんだから言われなくてもするっての」

しかし、それは彩人からすると当たり前のこと。

なんてことのないように受け入れると、朱李は満足そうな顔をした。

その顔を見ただけで朱李がミナカをどれだけ大切にしているか分かった。

きっと、朱李はミナカのことが大好きなのだろう。

「うん、知ってる。でも、一応ね。ウチの老婆心的に？」

「考えが年寄りくせぇな」

「こら!?　女の子にＢＢＡなんて言っちゃ駄目だぞ！　デリカシーがないのはいとっちの

欠点だよ」

「そんなこと言ってねぇよ!? 八雲の被害妄想だ」

ただ、最後の最後まで念を押してくる姿は親戚のおばちゃんみたいで。

素直にそのことを口にすると朱李は怒り、ギャーギャーと喚《わめ》き出し口論に発展した。

それは台風の目が始まるまで続いたが、共に棒を持って全力疾走し何とか一位を取る頃には朱李の元気はなくなっており、有耶無耶《うやむや》になって終わった。


「で、次はお前とか」

「どういうことよ?」

「何でもねぇよ」

台風の目が終わり、次の種目は二人三脚。

これもまたペア種目で、横にいる女子が朱李からミナカに変わった。

相性、スピード、走りやすさを合わせて総合的に評価するとやはり幼馴染《おさななじみ》の莉里が一番良かった。

しかし、ミナカが他の男子と全く合わなかったため仕方なく彩人と組む運びとなったのである。

ちなみに莉里が誰と組んだのかというと春樹だ。

他の生徒達よりも相性が良くタイムも出ていたから。

莉里は決まる直前まで瑞樹と一緒になってごねたが、体育教師に単位を盾に脅され渋々組み、春樹はとても落ち込んでいて可哀想《かわいそう》だった。

「はぁ、バカ月のせいで今日まで筋肉痛で酷《ひど》い目にあったわ」

足の紐《ひも》を結んでいると、ミナカが今までの練習を思い出したのか疲れたように溜息《ためいき》を吐《つ》く。

「それは単純にお前が運動が出来な過ぎるだけだ。あんだけやってようやく一往復分走り切れるとかヤバいからな」

彩人という貴重な戦力を使う以上、相応の結果を求められる。

そのため、ミナカにはせめて一往復くらい全力で走れるようになってもらわないと困る。

ということで、体育祭までの期間ミナカを鍛え、何とか走り切れるようにしたのだが、本当にギリギリだった。

『……足痛いからもう無理』

『まだ二回しか走ってないのにそれはヤバいだろ⁉』

何故なら、想像以上にミナカが非力だったから。

少し厳しくすると筋肉痛を訴えるせいで、想像の五倍以上進まなくて大変焦ったのを彩人は覚えている。

まぁ、なんだかんだ間に合ったのだからそれも今となっては良い思い出だが。

「まぁ、頑張ったおかけで中学の友達の度肝も抜けるんだ。悪くないだろ？」

「……そうね。そう思えば悪くないわね」

彩人がニヒルに笑い拳《こぶし》を突き出せば、ミナカもつられて口角を上げ優しくコツンと拳を当ててくれた。

これにより、ちょっとは仲良くなったなと彩人は実感しつつ、莉里の方は少しくらい仲良くなれたかと後ろを窺《うかが》う。

「…………」

「あー僕らもする？」

「絶対いや」

「かふっ」

が、あいも変わらず莉里は辛辣で春樹の申し出をバッサリ切り捨てて落ち込ませていた。士気を落とすようなことをするなと思ったが、あの幼馴染にそんなことを求めるのも今更だろう。

(とりあえずきちんと走ってくれよ)

心の中でそれだけは頼むと、お祈りしつつ彩人は前を向いた。

一分後。

「二人三脚スタートです！」

スパァーン！

実況の声を皮切りに、ピストルが鳴り二人三脚が始まった。

「走れ走れ！」

「……ふぁ、ファイトー」

「ゆっくりでいいからね！」

「焦らないで絶対こけないように！」

こうなると選手達の意識は勝つことしかなくなり、クラスが一丸となって必死に応援する。

「ごめん、任せた」

「頑張って！」

「おう、後は任せろ」

「ええ、行くわよ」

彩人達の番が回ってくる頃には白熱していて、他二クラスと一位の座を懸けデッドヒート状態となっていた。

彩人とミナカは襷《たすき》を受け取った瞬間に走り出す。

息を合わせることなく、反射的に。

「うおおぉぉ――！　やべぇ――！」

「息ぴったり過ぎんだろ」

鮮やかなスタートダッシュを決めたことで周りから歓声が上がり、彩人は思わず口角を上げる。

ミナカの足が遅い都合上、スタートダッシュで差をつけるしかないと練習していたのだ。

そのお陰で一位に躍り出ることが出来て、彩人はご満悦。

「不味《まず》い。追いつかれるな」

しかし、それも束《つか》の間《ま》のこと。

すぐさま、他クラスのペアが彩人達以上のペースで迫ってきて、彩人は冷や汗を流す。

「おい神崎、勝ちたいか？」

このままじゃ確実に抜かれると判断した彩人は、走りながらミナカにそう問いかける。

「はぁはぁ、あんだけ練習したんだから勝ちたいに決まってるでしょ！」

息を切らしながらも、ミナカは愚問とばかりに何も言っていないのにペースを上げた。

「やっぱ、お前息だけは合うわ」

彩人は嬉《うれ》しさに顔を歪《ゆが》ませながら、そう絞り出すとさらに一段ペースを上げた。

「ちょっ、はや⁉」

　ミナカはそれに驚愕《きょうがく》しながらも合わせてくれて、何とか他クラスと同じ速度になる。

「お願い莉里ちゃん！」

「莉里、春樹最後は任せた！」

　そして、僅かなリードを残し何とか一位で襷を渡すことに成功。

「任せて。ぶっちぎってあげる」

「うん、行こう莉里」

「名前で呼ぶな！　馬鹿」

　アンカーの莉里と春樹は元気よくそれに応えると、ほぼ全力疾走というレベルのスピードで走り出した。

「ハハッ、アイツら仲悪いのに息だけは合うのな」

「ぜぇぜぇ……そうね」

　離れていく背中を見つめながら彩人が可笑《おか》しそうに笑うと、苦しそうにしながらもミナカはそれに同意した。

「うぉぉぉ――！　一位だ！」

「やった――！」

「街鐘さんと西園《にしぞの》君最高！」

「一位だから特別に許してやるわこのクソハーレム野郎！」

そして、二人は莉里の宣言通り他クラスに大きな差をつけてゴール。

テントの下にいるクラスメイトと出場している選手達から大きな歓声が上がった。

「チッ、許せない許せない許せない許せない」

その光景をとある生徒が忌々《いまいま》し気に睨《にら》んでいた。

第10章 シークレットキャンバス

Ore no osananajimi ha Main heroine rashii

体育祭の熱にあてられたように、本日の太陽は熱を放ち三十度を超えた正午。

体育祭のプログラムも前半が終了し、昼休憩を迎えた。

生徒達が昼食を取るため移動する中、彩人《さいと》は立ち上がる素振りすら見せず、顔にタオルを掛け「あ～」と唸《うな》っていた。

そんな彩人を見て周囲のクラスメイトはこれは重症だと苦笑いを浮かべる。

何故《なぜ》、彩人がこんなことになっているのかというと休憩前にあった綱引きが原因だ。

クラスが団結したお陰で何とか決勝に行くことが出来たのだが、最後の対戦相手は全員が運動部のチートクラスで呆気《あっけ》なく負けてしまったのである。

全ての種目で勝つと宣言していただけに、あと一歩のところで負けたのは相当ショックだったのだろう。

テントに帰ってきてからから今までずっとこの調子だ。

莉里《りり》としてはどれだけ本気なんだと思わなくもないが、これが彩人の良いところでもある。

本気で行事を楽しんでいるからこそ、周りもそれにつられて楽しくなる。

実際、タイムリープ前の体育祭よりも熱が入って楽しかった。

だから、そんな楽しい時間を提供してくれた幼馴染《おさななじみ》が気落ちしているのは見過ごせない。

「彩人。ハンバーガー」

莉里は今日のために用意したとっておきを切り出した。

「よし、行こう！　莉里どこに行けばハンバーガーがある？　教えてくれ!?」

効果は覿面《てきめん》。

まるで落ち込んでいたのが幻覚だったのではないかと思うほどの速度で立ち直り、キラキラと瞳を輝かせ莉里の肩を摑《つか》んでいた。

その姿はさながら好物を出された犬のよう。

「はいはい、落ち着いて。お母さんとお父さんが持ってきてるから。とりあえずそこに合流しよ」

「分かった。えっと、ルーシィさんがさっきあの辺に居たから。こっちに行けば会えそうだな。行くぞ莉里」

尻尾《しっぽ》をぶんぶん振る幼馴染を宥《なだ》めるが効果はなく、先行して歩いていってしまう。

「本当単純だよね、彩人は」

莉里はやれやれと肩をすくめると、彩人《ペット》の跡を追った。

「おかえり〜、ひっく。大活躍だったな。彩人と莉里ちゃん。親として鼻が高いぜぇ〜。それにしても、ルーシィさんに似て莉里ちゃんの胸も大きくなったな〜」

両親と合流すると、一番最初に出迎えたのは彩人の父である陽《よう》だった。

陽の顔はほんのりと赤くなっており、既に大人達で楽しみ始めているらしい。

「うぃー二人ともお疲れ様。ジュース買ってきたけど飲む？　ダハハッ、ダハハッ」

「スピー……スピー」

「矢花《やばな》ちゃんは可愛《かわい》いですネ、チュ、チュ。あっ、莉里、チューしましょウ。チュー」

案の定、息子と娘の活躍に気分を良くしたのか大人達は酒を飲んで全員酔っ払っていた。

セクハラおじさんの陽。

酒で性格がチャラくなって笑い上戸になっている雅紀《まさのり》。

すやすやと気持ちよさそうに眠る彩人のお母さん。矢花

女限定でキス魔になるルーシィ。

親達が集まったら必ず起こる混沌空間《カオスフィールド》が既に形成されており、莉里と彩人はすぐにアイコンタクトを送り合う。

「……（逃げるぞ）」

「……（うん。あれにハンバーガー入ってるからよろしく）」

「……（おけ）」

二人は慣れた手付きで、ハンバーガーの入っているピクニックバスケットを回収し、少し離れた場所にある木陰に退避した。

「父さん達真っ昼間から飲みやがって。俺達の体育祭見に来るなんてやっぱ酒飲むだけ建前じゃねぇか」

「まぁ、最悪お母さんだけ居ればいいからね。多分こうなるだろうなとは思ってたよ」

二人して親達の文句を言いながら、昼食の準備に取り掛かる。

彩人がレジャーシートを敷き、莉里が端に水筒や持ってきたバスケットを置き固定。

二人はそこに並んで腰を下ろし、バスケットの中にあった保冷バッグと皿を出し並べた。

皿の上にカットした丸パンを置き、保冷バッグに入れておいた具材を載っけていき最後に崩れないよう串を刺した。

「はい、というわけでアメリカンバーガーです」

「うひょ――！　めっちゃ美味《うま》そう。まさか学校でこんな本格的なハンバーガーが食べられる日が来るとは思わなかったぜ。食べていいか？　食べていいよな？　いただきま――

「ちょちょ、待って！」――なんだよ？」

手が汚れているにもかかわらず完成するやいなや、すぐに食べようとする幼馴染に莉里は待ったを掛ける。

彩人は不満そうな顔をするが、莉里にも作り手としてのプライドがある。

手についた砂によって味に雑味が出たり、これを食べたせいでお腹《なか》を壊したなんてことは許せない。

バスケットからお手拭きシートを出し、彩人に一枚渡すと「あぁ、そういえば手洗ってなかったな」と納得した。

本当に手のかかる幼馴染だと莉里が溜息《ためいき》を吐《つ》く。

「改めて、いただきまーす！……」

その横で手を拭き終えた彩人がハンバーガーにかぶり付き、カッと目を見開いた。

「うまっ！　……うまっ！　……うめぇ！」

「そう、なら良かった」

彩人によるジャッジの結果は上々。

ガツガツとハンバーガーを食べ進めている姿を見て、莉里は胸を撫《な》で下ろし、ブンブンと揺れ出した頭の癖毛を摑んで無理矢理《むりやり》止めた。

それでも毛先の方が微《かす》かに動いていて恥ずかしいが、遠目に見ている分には分からないはずだ。多分。

癖毛が落ちついたところで、莉里はパクッと一口頰張《ほおば》った。

「うん、美味《おい》しい」

我ながらよく出来ていると莉里は思った。

ただ、おしむらくは冷めていること。

出来立てだったらもっと彩人を喜ばせることが出来ただろう。

「だろ？　特にこのテリヤキソースがうめぇんだよな。甘みの中にほんの少しピリッとする感じが良い」

「何で彩人が自慢気なのよ？」

しかし、頬にソースを付けて胸を張る彩人を見れば、考えても詮《せん》ないことだと先程浮かんだ不満は忘れることにした。

意識を切り替えもう一口を食べようとしたところで、ふと何処《どこ》かへ歩いていく小雪《こゆき》を視界の隅で捉える。

何とはなしに彼女を目で追っていくと、テントを保管していた小さめの倉庫に入っていった。

(何の用があるんだろう？)

殆《ほとん》ど物がない倉庫の奥へ姿を消した小雪を訝《いぶか》しんでいると、少しして春樹《はるき》も倉庫前にやって来て倉庫の中に入りドアを閉めた。

(な～んか嫌な予感がするな)

莉里があの日、小雪と屋上で出会っていなければきっと見過ごしていただろう。

だが、あの日莉里は小雪と出会い彼女が不安定な状態にあることを知っている。

昔のようにただ手伝いをしてもらっているだけとはどうしても思えない。

あの中で何かが起きる。

莉里の直感がそう囁《ささや》いてきた。

「ちょっと、用事が出来たから行ってくるね」

「わかっふぁ。ふぉふぉいふんふぁ？」

「あそこの倉庫。すぐ戻ってくるから待ってて」

「おう」

そんな確信めいた予感から莉里は彩人にそれだけ言い残し、倉庫へ向かって走り出した。

◇

ガチャン。

薄暗い倉庫の中、鉄の扉が閉まる音が響く。

「春樹君来てくれたんですね。貴重なお昼休憩の中、ご足労感謝します」

「……小雪先輩」

小雪が笑顔で春樹を出迎えると、彼は気まずそうに顔を逸《そ》らした。

それも当然だ。

春樹と小雪は振った振られたの関係なのだから。

振った相手からもう一度話がしたいと言われれば、誰だって似たような反応をする。

なんなら、呼び出しに応じないことの方が多い。

振った相手からの呼び出しにもかかわらず、やって来てくれる春樹はやはり優しい。

そのことを再認識した小雪は思わず口角を上げる。

「……話って何ですか？」

重たい空気に耐え切れなくなったのか、不思議なくらいにいつも通りな小雪に違和感を持ったのか分からないが、春樹がおずおずと用件を尋ねてくる。

「あの日聞きそびれたことがあったので。いくつか質問しても宜《よろ》しいでしょうか？」

小雪はそれに対し、まるで教室に残した忘れ物を取りに来たかのような軽い口調で答える。

「……僕に話せることなら構いません」

が、それとは対照的に春樹の顔が強張《こわば》った。

この様子を見るに何やら聞かれたくないことがあるらしい。

(分かりやすい人ですね)

隠そうと思っていながらも結局顔に考えていることが出てしまっている。

そんな姿すら丁度良い《愛おしい》。

小雪はますます口角を上げた。

「ありがとうございます。では、先《ま》ず『気になっている人』とは誰のことでしょうか？」

「莉里……街鐘《まちがね》莉里さんです」

「……キリッ。では、街鐘莉里さんの何処が気になっているのですか？」

「……それは、言えません」

「……なるほど」

そこから始まったのは質問という名の尋問であり、これから作戦を行う上で必要な儀式。

「質問を変えます。じゃあ、彼女とはいつ仲良くなったのですか？」

「仲良くなってなんかないですよ。……彼女はずっと僕のことを嫌がっているので」

「そうですか。では、また別の質問です。春樹君は私のことが嫌いですか？」

「嫌いじゃないです。人として好ましく思っています」

「本当ですか。良かった、嫌われていたらどうしようかと思いました」

春樹は何の疑いもなくスラスラと答えていく。

自分が小雪の思惑通りに動いているとも知らずに、あと一つのところまで来た。

次の質問で春樹が小雪の望む通りのことを口にしてくれれば成る。

ドッドッ、ドッドッ。

やけにうるさい心臓の音を無視し、小雪は最後の問いを投げかけた。

「……最後に一つだけ。春樹君は私が助けて欲しいと言ったら、また助けてくれますか？」

「はい僕なんかで助けられるのなら」

結果は、予想通り成功してしまった。

これにより小雪を抑えていた僅かな罪悪感がなくなり、醜い感情が顔を出す。

「ありがとうございます！　では、さっそく私に監禁されてください《を助けてください》」

小雪はそう言って春樹に近づくと背中に隠し持っていたスタンガンを喰《く》らわせた。

「こ、ゆき、ぱい。こは、いたい？」

まさか、小雪がこんなことをすると思っていなかったのだろう。

身体《からだ》が麻痺《まひ》して殆ど動けない中、目だけを動かし疑問を訴えかけてきた。

「あら、春樹君が言ったじゃないですか。『僕なんかで良ければ』って。私を助けてくれるんですよね？　だから、私を助けるためにずっと側《そば》に居てください。死ぬまで私と一緒に居てこの渇きを癒やし続けてください。優しい春樹君ならやってくれますよね？」

だが、これは春樹の自業自得。

小雪は何とかこの甘美な誘惑からギリギリまで耐えようとしていたのに。

春樹が誘惑に屈するための免罪符を与えてしまったのだ。

小雪は酷《ひど》く濁った瞳のまま春樹に近寄り愛《いと》おしそうに髪を撫でる。

大切に大切に。

まるで、大切な宝物を傷つけないように優しく。

そこで、小雪の瞳が暗く澱《よど》んでいることにようやく気が付いた春樹は悲鳴を上げようとしたが、小雪がもう一度スタンガンを打ち込み気絶させる。

「ヒッ⁉　ガッ⁉」

これで当分春樹は動くことが出来ない。

その隙に、体育祭の観客に紛した家の者に運ばせればこの作戦は終わり。

ずっとずっと春樹は小雪のものになる。

「ふふっ、春樹君さえ監禁出来れば、これで私はようやく幸せになれる」

これからの未来を想像し小雪は愉悦を顔に滲《にじ》ませ、家の者を呼ぼうとスマホを取り出したところで、「白百合《しらゆり》先輩。そんなことしても幸せになれませんよ？」という声と共にドアが開いた。

「ッ⁉」

聞き馴染《なじ》みのある、それでいて最も聞きたくない女の声が倉庫の中に静かに木霊する。

小雪は驚きで肩を跳ねさせ、視線を入り口に向けるとそこには逆光を背に立つ莉里が居た。

「何で……貴方《あなた》がここに？」

この時間は倉庫近辺が立ち入り禁止になっているはず。

それなのに何故《なぜ》彼女はここに居る？

まるで漫画の主人公かのような登場をする莉里に小雪はたじろぐ。

「たまたま白百合先輩と西園《にしぞの》君が倉庫の中に入っていくのが見えたので。何となく嫌な予感がして来てみたら何してるんですか？　誘拐と監禁は立派な犯罪ですよ」

酷く嫌そうな声で、莉里は偶然であることを強調し小雪を窘《たしな》めてきた。

しかし、今はヒーローのピンチに現れるヒロインそのもので。

莉里と春樹が運命の相手だと世界から言われているような錯覚を与えてきて、小雪を酷く苛《いら》つかせた。

「私が何をしようと街鐘さんには関係ないでしょう？　だって私と貴方は入学してから殆ど会話をしてないはずです」

邪魔をするなと威嚇の意を込めて、小雪は莉里へ音を立てているスタンガンを向ける。

険しい顔をする小雪に対し、莉里はふっと顔を綻ばせた。

「関係ありますよ。だって、二年間高校生活を共にした仲じゃないですか？　恩人の貴方が間違っているのなら正すのが義理っていうものでしょう？　しかも、『借りた恩は必ず返しましょう』って教えてくれたのは小雪先輩の方なんですから、なおさらに」

「ッ！　莉里……ちゃんっ、なん、ですか？」

関係のないと思っていた人間が、実は昔からの知己だった。

あり得ないはずの再会に小雪は身体を震わせ、思わず小雪はスタンガンを落としそうになる。

「そうですよ。私は小雪先輩の知っている弱くてやけに世話のかかる後輩だった街鐘莉里です」

「うあっ、ああっ！」

誰も過去の自分を知らないと思っていた。

だから、過去の世界とは違って好きに生きようと振る舞っていたのに、実は過去の自分のことを知っている者がいた。

その事実に、小雪の中を羞恥心が駆け回るがそれ以上に湧き上がったのは憎悪。

自分をあの地獄へ突き落とした元凶。

莉里は小雪から春樹を奪った憎き敵。

可愛《かわい》い、可哀想《かわいそう》と莉里を可愛がっていた頃の優しい小雪は完全に姿を消し、瞳の奥に殺意を宿す。

「……また。また！　私から奪いに来たんですね！　許せない。許せない許せない許せない許せない！　今回は、今回だけは春樹君は私のものです！　良いじゃないですか⁉　だって、莉里ちゃんは過去の世界で春樹君にたっぷり愛してもらったんですから⁉　私に譲ってくれたって良いじゃないですか⁉」

完全に感情の防波堤は決壊した。

内に秘めていたものを全て感情のままに叫びちらし、春樹は自分のものだと主張する。

たとえ、莉里と敵対したとしても構わない。

絶対力ずくで奪ってみせる。

「別に構いませんよ、そんなクソ野郎要らないので好きにしてください」

「……えっ⁉」

莉里と春樹は彼氏彼女の関係のはず。

あの後、不幸になった小雪を置いて結婚して幸せな家庭を築いているはずだ。

完全にそう思い込んでいた小雪は莉里の言葉によって思わず固まる。

――どうして？

――何故？

次いでこの二つの疑問が小雪の脳内をグルグルと回り続ける中、莉里は話を継続。

「でも、小雪先輩はそれで幸せなんですか？　こんな形でこの男と付き合って満足なんですか？　それが小雪先輩の本当に求めているものなんですか？」

「……それは」

小雪の心に優しく訴えかけてきて、考えないようにしていたことを無理矢理《むりやり》考えさせられる。

（……そんなわけないじゃないですか）

本当は分かっていた。

こんなことをしても春樹は自分を愛してくれないであろうことも。

いずれ義務の愛情に不足感を覚えてしまうだろうことも。

分かっていた。

でも。

「だって、仕方ないじゃないですか⁉　こうでもしなければ春樹君は私を見てくれない！　私だけを愛してくれない！　……春樹君だけなんです。私のことを愛してくれたのは。両親も幼馴染《おさななじみ》も、周りの人達も皆《みんな》、皆私を愛してくれないんです⁉　グループを存続させるための歯車として。白百合グループの一人娘として扱ってくるんです。違う。私はそんなの求めていない。ただの白百合小雪という女を見て、褒めて、愛して欲しいだけなのに。こんな簡単なことを春樹君以外の誰もしてくれなかったんです！　だから、仕方ないんですよ！　私を愛してくれるのが春樹君しか居ないんですから。愛がないと生きていけない人間の私にはもうこうするしか道がないんです！」

春樹に振られてしまった今、小雪にはもうこれくらいしか思いつかなかったのだ。

だから、止まるわけにはいかない。

今ここで歩みを止めてしまえば、小雪は今度こそ独りぼっちになってしまうから。

「あぁぁぁぁ――――！」

小雪は莉里へ向けて突貫した。

これが小雪の答え。

春樹《愛してくれる人》を失うことと正しくあることを天秤《てんびん》にかけ、前者に傾いた。

それほどまでに小雪は孤独を恐れ愛に飢えていたのだ。

このことを理解してしまった莉里は顔を歪《ゆが》ませ、構える。

だが、彼女は動かなかった。

それが同情によるものなのか、小雪から春樹を奪ってしまったことに対する罪悪感なのか。

莉里はスタンガンが当たる直前に目を瞑《つぶ》った。

「……俺の幼馴染に何しようとしてんすか？　白百合先輩」

直前、地の底から這《は》い出たような低い声が耳に届き、腕を摑《つか》まれる。

恐る恐る顔を上げると、そこにはいつも人懐っこい顔を向けてくれた彩人が軽蔑の籠もった顔でこちらを見据えていた。

「ちがっ、私は」

咄嗟《とっさ》に否定の言葉を口にする。

「じゃあ、このバチバチ言ってるの何すか？　冗談で使っていいもんじゃねぇでしょう、これ？」

しかし、それにより彩人はますます軽蔑の色を深めた。

「あっ、あっあ」

言い逃れは出来ない。

彩人の放つ尋常じゃない怒りの重圧によって、否《いや》が応《おう》でも小雪はそのことを理解してしまい、声にならない声を溢《こぼ》すことしか出来なくなる。

「白百合先輩、どう落とし前つけてくれんすか？」

「おい水無月《みなづき》、ここは立ち入り禁止だぞ！……って、何があった!?」

挙げ句の果てには生徒会長の匠《たくみ》まで現れて、小雪はその場にへたり込むのだった。

それから匠の名の下で事情聴取が行われ、小雪の罪が明るみになった。

「この大馬鹿者が!?」

小雪が春樹を誘拐しようとしていたことを知った匠は激昂《げきこう》。

頬《ほお》を思いっきりビンタしてきた。

「……ごめんなさい」

何の言い訳も出来ない小雪は謝罪の言葉を口にし、匠の方を見ると何故か彼の目尻には涙が浮かんでいた。

「あの、どうしましたか？」

人生で初めて見る匠の涙。

ただ、彼が何故泣きそうになっているのか分からなくて小雪は首を傾《かし》げる。

「すまん」

すると、匠はその一言と共に頭を下げて謝ってきた。

「いや、これくらいのことをされても足りないくらいのことをしましたから、会長が謝る必要はありませんよ？」

「違う、違うんだ」

小雪は自嘲の籠もった顔で匠が気にする必要はないと伝えれば、匠は顔をくしゃくしゃにしてかぶりを振った。

「俺は気が付いていたんだ。ずっと前から。お前がいつも寂しそうにしていたのを分かっていたのに、すまん。すまなかった」

「……どういうことですか？」

匠の説明は要領を得なくて小雪は困惑の声を上げる。

何故彼が謝るのか分からなかった。

何故なら、匠は昔から自分のことを未熟者だと嫌っていたから。

特に最近はそれが顕著だったので、小雪のことを気にかけている理由が分からなかった。

そんな小雪に匠は衝撃の一言を放つ。

「俺はお前のことが好きだ」

「えっ？」

「ずっとずっと昔から、小雪と出会った時から俺はお前のことが好きだった。でも、俺は不器用だから。どうしてもお前の前では素直になれなかった。お前が寂しそうにしているのを分かっているのに。それでも俺は自分の気持ちに向き合えなくてお前を慰めることすら出来なかった。すまない。小雪をここまで追い詰めてしまったのは俺の責任でもある。すまない」

「そんな……そんなこと急に言われたって困ります」

自分と同じようにいつかグループを背負う者として不甲斐《ふがい》ない小雪にいつも苛ついているのだと思っていた。

匠の鋭い言葉で時に涙を流したこともあった。

それが急に好きな子の前で素直になれなかったなんて言われたって、証拠もなしにそう簡単に受け入れられるわけがない。

「彩人、写真持っているんでしょ。出しなさい」

「なんで分かるんだよ」

「彩人、昼休憩になるまでタオル使わなかったでしょ。最初はテントに戻る暇がないからだと思ってたけど、だんだん違和感を覚えてタオルを確認してたら挟まってたの。こういう大事なのは外に持ってきちゃダメだよ」

「こわっ、お前探偵になった方がいいぞ。はぁ……白百合先輩どうぞ」

現実を受け入れられない小雪に彩人がしわくちゃの封筒を差し出す。

小雪は恐る恐るそれを受け取ると、中にはいくつかの写真が入っていた。

一枚目と二枚目は、重くて運ぶのを諦めた段ボール箱を小雪が居なくなったうちに匠がプルプルと震えながら運ぶ写真。

三枚目は大量のペットボトルを前に黄昏《たそがれ》ている小雪の奥で、匠が他の生徒会メンバーとこちらを指差して話している写真。

四枚目は、匠が三年生の喧嘩《けんか》を止めた時についた傷を確認する写真で、殴られた箇所は青くなっていた。

「ひっぐ、えっぐ」

ここで、もう駄目だった。

小雪の目からポタポタと涙が落ち出して、写真を確認する手が止まらなくなった。

新たな写真を見る度に、自分が如何《いか》に匠に大切されていたのかを実感して。

胸がポカポカと温かくなる。

先程まで感じていた飢えが満たされていく。

一枚一枚丁寧に見ていき、次がラスト一枚となった。

「ぐすっ、えっぐ、うあっ？　これって」

ゆっくりと小雪が写真を見ると、現れた写真はこれまでとは毛色が違った。

今までは写真のどこかに匠と小雪が写っていたのに今回は匠だけだ。

しかし、小雪はそれを見た瞬間、忘れていたはずの記憶が蘇《よみがえ》った。

思い出したのは子供の頃。

知り合いの結婚式で暇をしている時のことだ。

『お前はどんな男にプロポーズをされたいとかあるのか？』

新郎新婦の惚気《のろけ》話を聞いた後、休憩となったところで珍しく匠はどんな風にプロポーズをされたいか聞いてきた。

『プロポーズですか？　うーん、どんな男にというのは分かりませんが、シチュエーションなら。沢山のお花に囲まれながらプロポーズされたいです』

『ふん、そんな場所はこの辺にないぞ』

『知っています。だからこそ憧れているのです』

小雪としてはただの世間話の一環で、匠の小馬鹿にしたような態度から彼の中ではくだらないことだと忘れられていると思っていた。

だが、違ったのだ。

匠はずっとこの言葉を覚えていて、いつか小雪に告白をするためにあの庭園を整備していたのである。

小雪は耐えきれなくなって匠の方を向くと、彼は恥ずかしそうにそっぽを向き「……余計なことをしおって」と呟《つぶや》き、トドメとなった。

「……ごめんなさい、ごめんなさい。匠さん。私、ずっと気が付かなくて」

小雪は匠に抱きつき謝罪の言葉を口にする。

「阿呆《あほ》、俺が悪かったと言っているだろうが、小雪は悪くない。すまんかった」

彼はそんな小雪に苦笑した後、もう一度謝罪の言葉を口にし優しく抱きしめてくれた。

小雪はその温《ぬく》もりに甘えながら、酷《ひど》く不細工な顔で後輩達の方を向く。

「ごめんなさい。私のせいで皆さんに多大なご迷惑を」

「八つ当たりされた時は驚きましたけど。怪我《けが》もないですし私は大丈夫ですよ」

「俺も会長がビンタしてくれたんで、特に何もないっす。ただ今度同じことやったら俺が全力ビンタするっすからね」

「僕も大丈夫です。これは小雪先輩の気持ちに気付かなった僕も悪いので」

小雪が謝ると、三人は優しく微笑《ほほえ》み許してくれて、また大粒の涙が流れた。

（あぁ、私は恵まれていたのですね。気が付かなかっただけで）

多くの人から愛されている莉里を羨ましいと思っていた。

それなのに何故《なぜ》自分は愛されないのかと不満に思っていた。

だが、実際は同じだったのだ。

気が付いていなかっただけで、小雪の周りにはちゃんと自分を愛してくれる人がいたのである。

小雪はその事実を噛《か》み締めるように、匠のことをギュッと抱きしめた。

これにより本来すれ違って終わるはずだった幼馴染《おさななじみ》達の悲惨な未来が変わった。

作戦成功《ミッションコンプリート》。

二人の仲睦《なかむつ》まじい姿を見て、もう一組の幼馴染達は嬉《うれ》しそうにハイタッチを交わした。

第11章
好きな人

Ore no osananajimi ha Main heroine rashii

昼休憩の終わり間際。

彩人《さいと》と莉里《りり》は仲良くハンバーガーを頰張《ほおば》っていた。

「会長と白百合《しらゆり》先輩、仲直り出来て良かったな」

「そうだね」

ゴクンと最後の一欠片《ひとかけら》を飲み込んだところで、彩人は何だかんだあったがあの幼馴染達が仲直り出来て良かったと呟く。

『匠《たくみ》さん。ごめんなさい。体操服を涙でびしょびしょにしてしまって』

『これくらいなら大丈夫だ。昔誰かさんにシャンパンを頭から掛けられた時に比べれば遥《はる》かにマシだろう？』

『あの時はご迷惑をお掛けしました——って、揶揄《からか》わないでください。もう、匠さんは相変わらず意地悪ですね』

『長年ずっとこれだったのだ。許せ』

思い出すのは事件解決後の匠と小雪《こゆき》のやり取り。

長年あった確執がなくなり、まだ慣れないながらも確かに昔馴染《なじ》みらしい気安さがあって、彩人の考えていた幼馴染像そのもの。

やはり、幼馴染というのならばあれくらい仲が良くなければいけないだろう。

しかし、その仲直りのために春樹《はるき》が一人保健室送りにされたのは不満が残るが。

それでいて、心の何処《どこ》かで春樹らしいと思ってしまっている彩人がいた。

女性関係のトラブルにかなりの頻度で巻き込まれる彼はよく頰に真っ赤な紅葉を付けていたり、よく擦り傷を作ってくるので嫌なことに慣れてしまったのだ。

本当に春樹は一度お祓《はら》いに行った方が良いと思う。

絶対に悪霊か何かよくないものに取り憑《つ》かれている。

今度無理矢理《むりやり》にでも連れていこうと考えていると、不意に右頰に何かが当てられ次の瞬間頭がガクガクと揺れた。

「何すんだよ？」

隣にいる幼馴染に非難がましい視線送る彩人。

「何って、ほっぺにソースがべっとり付いてたから拭ってあげたんですけど」

それに対し、莉里は不満そうに唇を尖《とが》らせ良かれと思ってやったのだと主張した。

「そっか。じゃあ、俺が悪かった。すまん」

「えぇ、どうしよっかなぁ〜。私何も悪いことしてないのに。今の態度は傷ついちゃったなぁ〜。しくしく」

莉里に非がないことが分かった彩人が謝ると、これみよがしに彼女は責め立ててくる。

「はいはい、分かったよ。お詫《わ》びになんかするから許してくれ」

こうなったら彩人に勝ち目はない。

大人しく白旗を揚げ、莉里の要求を呑《の》むことを決めた。

「やった。といっても、何か特別にやって欲しいことがあるわけじゃないんだけど」

「おい、そこはちゃんと考えてからやれよ」

ただ、何をするのかは決まっていなかったようで、とりあえず言うことを聞かせようとする強欲な幼馴染に彩人は頭を抱える。

「無理だよ。せっかく彩人に言うことを聞かせるチャンスがあるんだから。とりあえず、確保するのは幼馴染として当然でしょ？」

「確かに」

だが、すぐに自分が同じ立場なら同じことを絶対すると気付き、そんな莉里と自分自身も苦笑い。

つくづくこの幼馴染とは気が合うなと彩人は思った。

「……うーん？　よし、決めた。次の借り物競走で一番を取ること！」

僅かな逡巡《しゅんじゅん》の後、莉里が下したのは一位を取ること。

「そんなんで良いのか？」

彩人の嫌がらせになるようなことを言われると思っていただけに拍子抜けした。

それにこれは体育祭があると分かった時から、彩人がずっと目標に掲げていたこと。

こんなことにお願いを使ってもいいのかと莉里に確認すれば、彼女はこくりと頷《うなず》いた。

「うん。これでいいよ。だって、この方がやる気出るでしょ？　他のクラスに圧倒的な差をつけて一位になれば、綱引きで負けた悔しさなんてきっと吹き飛ぶよ？」

どうやらこのお願いは負けて落ち込んでいた彩人を気遣ってのことだったらしい。

流石《さすが》に、幼馴染にここまでされて一位以外を取るなんて恥ずかしい真似《まね》は出来ない。

「ありがとな。よし、絶対勝つから見とけよ。マジで半周以上差をつけて勝ってやっから」

「おっ、言ったね？　じゃあ、一位以外だったら来週から一週間私のお弁当抜きね」

「お、おう。それでいいぜ。やってやらあ！」

負けられない理由が二つも出来た彩人はパンッとヤケクソ気味に顔を叩《たた》き活を入れた。

十分後。

「最終走者は位置についてください！」

「よし、行ってくっか」

「……ファイトー」

「水無月《みなづき》！　組のポイントヤベェんだから絶対一位取れよ⁉　絶対だからな」

「俺、優勝したら藍園《あいぞの》ちゃんに告白するんだ」

「おい、フラグ立てるの止《や》めろ⁉　水無月が負けるかもしんねぇだろ」

クラスメイト達の声援を受け、彩人はスタートラインに立った。

軽くその場でジャンプし調子を確認する。

飛んでみたところ身体《からだ》の調子は良好。

負ける気がしない。

最後に一位を取って最高に目立ってやろうと彩人は気合いを入れる。

「位置について、よーい、ドンッ！」

パァン！

その後、すぐに係員が掛け声と共にピストルを鳴らした。

「ッ！」

持ち前の反応速度を活《い》かし、最高のスタートダッシュを決め周りの生徒達に差をつける彩人。

そのままの勢いで加速し、さらに差をつけお題箱に手を突っ込み一番最初に触れたものを引っ張り出す。

出てきたお題は『好きな人』。

借り物競走の最後を締めくくるに相応《ふさわ》しいお題が出てきた。

「適当な友達連れていけばいいか」

普通の男子高校生ならば気になっている異性のことが頭に浮かび狼狽《うろた》えるだろう。

だが、彩人は好きの違いが分からない。

故に、好きの解釈が誰よりも広いのである。

だから、彩人の脳裏には友人や家族などの顔がたくさん浮かんでいて。

誰にしようかと迷うことはあれど、恥ずかしがったり、狼狽えたりすることはなく即行動に移すことが出来た。

「おぉ、こっち来たっ！」

「水無月君何がいるの⁉」

「か……あれ？」

全速力でクラスメイトがいるテントへ駆け寄り、適当な友人を呼ぼうとしたところで何故か声が出なかった。

（なんで？）

手を伸ばそうとしても言うことを聞いてくれなくて。

彩人は動かない自分の手を見つめ、ただただ困惑する。

それは周りにいたクラスメイト達も同じ。

「どうした？　水無月君？」

「急がないとやばいよいとっち」

「もしかしてお題をド忘れしちゃった？」

「なら、紙を見ろ紙を」

「あぁ、そうだな」

急に固まった彩人に戸惑い、早く見つけろと急《せ》かしてきて、彩人の中で焦りが芽生える。

もう一度お題の紙を確認するが書かれているお題が変わるはずもなく。

依然として『好きな人』の四文字が記されていた。

(好きな人。好きな人。俺にとっての好きな人って誰なんだ？)

心の中で何度もお題を繰り返し、自分の中にある好きについて今一度考える。

『好きだよ！　俺は小雪のことを大切に想《おも》っている』

その際、脳裏を過《よぎ》ったのは匠の言葉。

彼が小雪に対する想《おも》いを打ち明けた時、気に入っていること、心惹《ひ》かれていること、以外の辞書にも載っていないことを言っていた。

大切に想っている、いる、と。

匠はその言葉の通り、小雪のことを大切に想っていた。

それこそ自分の幸福を捨ててでも、小雪を幸せにしようとする程に。

異常なまでに小雪のことを大切にしていた。

つまり、彩人が気に入っていて、心惹かれていて、自分を犠牲にしてでも幸せになって欲しいと思うぐらい大切にしていること、これら三つを満たす人間こそが真に好きな人ということになる。

彩人はこの条件に当てはまる人間がいないか目についた端から片っ端に当てはめていった。

先《ま》ず、一番最初に目についた春樹。

彼のことは気に入ってはいるが別に心惹かれている感じはしないし、春樹の幸せのために自分の幸せを犠牲にしたいとは思わないので多分好きではないのだろう。

次いで、ミナカ。

彼女のことも確かに気に入っているし、二人三脚で妙に息が合ったことから興味を惹かれている。だが、彼女のために自分を犠牲に出来るかというと無理だったのでこれも違う。

違う。

違う。

違う。

そして、何人か終わらしたところで莉里と目が合った。

彼女のことはずっと前から彩人は気に入っている。

料理も上手《うま》いし、運動も出来て、ゲームも出来て、勉強まで出来て、それでいて側《そば》にいて気が楽。また、彼女は出会った当初から何処《どこ》か危なっかしさを持っていて、今は強くなって大丈夫だと分かっているのに目が離せない時がある。

なので、おそらく彩人は莉里に心惹かれている。

そして、最後に莉里の幸せのため自分が犠牲になれるのかと考えた時、出来てしまった。それは彼女が小学校の頃に虐《いじ》められていたから。ただ、憐《あわ》れんでいるだけなのかもしれない。

でも、確かに彼女のためになら多少自分の身を削ってやっても良いと思ってしまったのだ。

そのことに驚くと共に、動かなかったはずの彩人の手は莉里の手を摑《つか》んでいて。

「行くぞ！　莉里」

「えっ？　ちょっ⁉」

困惑する莉里を無視して彩人は駆け出していた。

「ねぇ、お題は何なの？」

ゴールへ向かう途中、莉里が大きな声でどんなお題だったのか彩人に尋ねてくる。

「分かんねぇ！」

間髪入れず、彩人がそう答えると後ろから「えぇ？」と戸惑う声が聞こえてきた。

だが、これは今の彩人の素直な気持ち。自分が莉里に抱いているこの好きが匠と同じものなのかは恋愛に疎い彩人には分からない。

それでもハッキリと分かっているのは、水無月彩人という人間にとって街鐘《まちがね》莉里という少女は特別だということ。

「じゃあ、なんで私を呼んだの？」

「莉里が一番しっくり来たから」

「……ふえっ？　えっ、ちょっ⁉　それ、どういうこと⁉」

ヒラヒラと持っていたお題の紙を見せながら、莉里にそう笑いかければ彼女は情けない声を漏らし、次いで彩人の真意を探ってくる。

「？　言葉通りの意味だが」

「ッ～～⁉　あ～もう！　訳分かんない――――‼」

しかし、彩人としてはこれ以上でも以下でもなくただただお題に一番合っていると思ったからと伝えれば、莉里は顔を真っ赤に染めグラウンド全体に響き渡るほどの叫び声を上げるのだった。

◇

借り物競走のゴール後「お題の確認をするので紙を回収しますね〜」と、係の先輩がこちらにやって来た。

「うっす。どうぞ」

「はい、ありがとね。えっと、お題はっと……へぇ〜。ほ〜ん」

彼女は彩人からお題の紙を受け取り中身を確認すると、元から少しニヤけていた顔をさらにニヤニヤとさせ莉里の方を覗《のぞ》いてくる。

「〜〜!?」

目が合った瞬間、莉里の中で暴れている熱がさらに暴れ出し、莉里は両腕に顔を埋《うず》めた。

ドッ。

鼓動の速度は人生最大級。

動揺も羞恥心も。

何より——

「ツゥ〜〜!?」

――顔のニヤけが止まらなかった。

この幼馴染《おさななじみ》に選んでもらえたことが。

自分のことを好きだと言ってもらえたことが嬉《うれ》しくて嬉しくて堪《たま》らなかった。

（これってもうそういうことだよね⁉　そういうことなんだよね⁉）

体育祭の借り物競走というシチュエーション。

そこで、『好きな人』というお題で女の子を連れていくとなればもう確定だろう。

これは告白だ。

間違いない。

いつ彩人が莉里のことを異性として意識し始めたのかは分からない。

けれど、今までの小さな積み重ねがきっとこの鈍感な少年の気持ちを動かしたのだろう。

そう思うと、莉里はなんともいえない達成感に駆られてますます顔をニヤけさせる。

早く収めなければならないと分かっているのに。

頬がどうしても緩んでしかたがない。

（そっかそっか。彩人は普段表に出さないだけで私のこと好きだったんだ。へぇ～、ほ～ん。可愛《かわい》いなぁ、もう。それに私がこういうの苦手だって分かってて気遣ってくれてたんだろうな。でも、体育祭のあの場面で気持ちが抑えきれなくなっちゃった、と。別に、彩人が私のことを意識しても全然気にしないのに。むしろ、ウェルカム。私にだけ彩人の照れている顔を見せてくれればいいのに。勿論《もちろん》、連写して写真フォルダに残してスマホの待ち受けにするから。もう、彼氏彼女みたいなものだしいいよね？　いいよね⁉　好きとか言っても、ハグとか、キスとかもう我慢せずにやっちゃっていいんだよね⁉　あはぁ～！　ヤバいヤバイヤバイヤバイ。妄想が止まらないよ）

彩人の思いがけない行動により乙女《おとめ》回路が暴走。

莉里は頭の癖毛をぶんぶんさせながら身悶《みもだ》えていると、『これにて借り物競走を終わります。選手の皆さんは退場してください』とアナウンスが流れた。

「先輩。借り物競走で連れてきた人って一緒に退場するんすか？」

「逆に質問するけど、皆《みんな》が退場する中ここに残していっちゃうの？」

「なるほどっす。ありがとうございます。よし、じゃあ莉里一緒に戻るぞ」

そして、彩人は莉里と一緒に退場することを知ると手を差し出す。

「う、うん」

莉里は誘われるように手を伸ばし摑み立ち上がる。

このまま手を繫《つな》いで帰るとそう思い、莉里が強く握ろうとした瞬間スルリと幼馴染の手が抜けた。

「えっ？」

「ん？　どうした」

莉里が驚いた声を上げると、彩人は不思議そうに首を傾《かし》げる。

その仕草に、莉里は妙な引っかかりを覚えた。

これが告白した相手にする態度だろうか？

と。

「手繋がないの？」

「？　何で繋がないといけないんだよ」

莉里の中で急速に熱が冷めていくのを感じながら、躊躇《ためら》いがちに尋ねると彩人はまた不思議そうな顔をして。

「彩人は私のこと好きじゃないの？」

「好きだけど。お題に『好きな人』って書かれているのに嫌いな奴《やつ》連れてくるわけねぇじゃん」

「だ、だよね。じゃあ、手とか繋ぎたくならない？」

「なんで？」

続けて尋ねてみるもやはり嚙《か》み合わない。

莉里の考えとこの幼馴染の考えていることが微妙にズレている。

「さ、彩人は私のこと好きなんだよね？　それはどういう意味で」

そこで、莉里は決定的な質問をした。

自分のことをどう思っているのか？

どんな風に好きなのか？

と。

「どういう意味？　……別に今まで通りだぞ」

結果。

分かったのは莉里の勘違い。

莉里が勝手に舞い上がっていただけで、彩人は告白をしたという自覚はない。

そのことを理解した莉里を襲ったのはとんでもない羞恥心。

独りよがりな妄想をしていたさっきまでの自分の記憶を今すぐに捨て去りたいと思うが、
たった今の記憶を捨てることは出来なくて。

「※＄¢％〜〜!?」

莉里は声にならない悲鳴を上げるのだった。

どうやら、彼女が幼馴染のメインヒロインになるのはまだまだ先のことらしい。

あとがき

Afterword

どうもお久しぶりです。3pu《スリープ》です。

またお会いすることが出来て嬉《うれ》しいです。

これも一巻を購入してくださった皆さんのお陰です。

ここで謝辞の言葉を述べさせていただきます。

ありがとうございます！（マジで感謝してます）

さて、今回も本作品について少々語っていこうかなと思います。

先《ま》ずこの第二巻のメインテーマは、彩人《さいと》の変化ですね。

これが結構難しくて大変でした笑。

彩人というキャラクターは基本的に感情に忠実で、嫌だと思ったら嫌だ。好きだと思ったら好きだとハッキリ言っちゃうんですよね。

そこが良いところでもあり、莉里《りり》が彩人に惹《ひ》かれた点でもあるのですが。

ただ、この純粋さには手を焼かされました。

彩人の言う『好き』は間違いなく正しい『好き』です。

ただ、その好きにも種類があって親愛、友愛、恋愛、などなどあって、彩人は自分の中で分類をつけていない。

それ故に、彩人の『好き』は本作に出てくるキャラの中で最も軽いんですよね。

対照的に、莉里や小雪《こゆき》、匠《たくみ》、春樹《はるき》、瑞樹《みずき》といったキャラ達が紡ぐ『好き』は重いです。

彩人が彼らと触れ合うことで、『好き』という言葉の意味をほんの僅かですが理解し、それが誰に向けられているのかを知る。

ほんのちょっとだけ彩人が大人に近づいた回でした。

とはいえ、本当にちょっとだけなので莉里はこれからも振り回されそうです笑。

頑張れ、莉里。

さて、次はタイムリーパー関連の話でもしていこうかなと思います。

まず、最初に言わせてもらうとコイツら全員クソメンドクセェ！

莉里が肝心なところでビビリなのはタイムリープ前と変わらないし、春樹の優柔不断さや変なところで覚悟決まってるし、小雪は思い込みが激しいし、本当に面倒くさかった。

僕が割と彩人寄りな人間なのでなおさらそう思いましたね。

こいつらのせいで話がややこしくなり過ぎ！

ただ、これが本作の魅力でもあるので頑張って書きました。

ちなみにですが、小雪と匠はめっちゃ良い感じで終わりましたが二人はまだ付き合ってませんそりゃ、春樹に振られて匠に告白されたからってすぐに乗り換えるような女じゃないですからね小雪は。

自分の中にある甘えたい気持ちと罪悪感やらなんやらで悩み、葛藤し、その上できっと小雪なりの答えを出すでしょう。

これからは彼女達の動向にも注目して頂けると嬉しいです。

また、タイムリープパーが何人いるのか？

何故《なぜ》タイムリープしているのか？

等々も楽しみにして頂けたら幸いです。

最後に、今回も編集Aさん、イラストレーターのBcoca《びこか》さん、大変お世話になりました。

相談に乗ってくださったり、素敵なイラストを描いてくださったり本当に感謝しております。

ありがとうございました！（マジでマジで感謝してます！）

また次回があればよろしくお願いします。

じゃあ、今回もそういうわけでバイバイ！

またね。（絶対会おう！）

読者アンケート実施中!!

ご回答いただいた方の中から抽選で毎月10名様に
「図書カードNEXTネットギフト1000円分」をプレゼント!!

URLもしくは二次元コードへアクセスし
パスワードを入力してご回答ください。

https://kdq.jp/sneaker

[**パスワード：r645f**]

●注意事項
※当選者の発表は賞品の発送をもって代えさせていただきます。
※アンケートにご回答いただける期間は、対象商品の初版（第1刷）発行日より1年間です。
※アンケートプレゼントは、都合により予告なく中止または内容が変更されることがあります。
※一部対応していない機種があります。
※本アンケートに関連して発生する通信費はお客様のご負担になります。

スニーカー文庫の最新情報はコチラ!

新刊 / コミカライズ / アニメ化 / キャンペーン

公式X（旧Twitter）

[@kadokawa sneaker]

公式LINE

[@kadokawa sneaker]

友達登録で
特製LINEスタンプ風
画像をプレゼント!

俺《おれ》の幼馴染《おさななじみ》はメインヒロインらしい。2

著　3pu《すりーぷ》

角川スニーカー文庫　24154

2024年6月1日　初版発行

発行者　山下直久

発　行　株式会社KADOKAWA
〒102-8177 東京都千代田区富士見2-13-3
電話　0570-002-301（ナビダイヤル）

印刷所　株式会社暁印刷
製本所　本間製本株式会社

●お問い合わせ
https://www.kadokawa.co.jp/（「お問い合わせ」へお進みください）
※内容によっては、お答えできない場合があります。
※サポートは日本国内のみとさせていただきます。
※Japanese text only

Printed in Japan　ISBN 978-4-04-114922-5　C0193

★ご意見、ご感想をお送りください★

〒102-8177 東京都千代田区富士見 2-13-3
株式会社KADOKAWA　角川スニーカー文庫編集部気付
「3pu」先生
「Bcoca」先生

角川文庫発刊に際して

角川源義

第二次世界大戦の敗北は、軍事力の敗北であった以上に、私たちの若い文化力の敗退であった。私たちの文化が戦争に対して如何に無力であり、単なるあだ花に過ぎなかったかを、私たちは身を以て体験し痛感した。西洋近代文化の摂取にとって、明治以後八十年の歳月は決して短かすぎたとは言えない。にもかかわらず、近代文化の伝統を確立し、自由な批判と柔軟な良識に富む文化層として自らを形成することに私たちは失敗して来た。そしてこれは、各層への文化の普及滲透を任務とする出版人の責任でもあった。

一九四五年以来、私たちは再び振出しに戻り、第一歩から踏み出すことを余儀なくされた。これは大きな不幸ではあるが、反面、これまでの混沌・未熟・歪曲の中にあった我が国の文化に秩序と確たる基礎を齎らすためには絶好の機会でもある。角川書店は、このような祖国の文化的危機にあたり、微力をも顧みず再建の礎石たるべき抱負と決意とをもって出発したが、ここに創立以来の念願を果すべく角川文庫を発刊する。これまで刊行されたあらゆる全集叢書文庫類の長所と短所とを検討し、古今東西の不朽の典籍を、良心的編集のもとに、廉価に、そして書架にふさわしい美本として、多くのひとびとに提供しようとする。しかし私たちは徒らに百科全書的な知識のジレッタントを作ることを目的とせず、あくまで祖国の文化に秩序と再建への道を示し、この文庫を角川書店の栄ある事業として、今後永久に継続発展せしめ、学芸と教養との殿堂として大成せんことを期したい。多くの読書子の愛情ある忠言と支持とによって、この希望と抱負とを完遂せしめられんことを願う。

一九四九年五月三日

転校先の
清楚可憐な美少女が、
昔男子と思って
一緒に遊んだ
幼馴染だった件
Hibariyu
雲雀湯
illust シソ
重版続々!!
元"男友達"な幼馴染と紡ぐ、
大人気青春ラブコメディ開幕!
7年前、一番仲良しの男友達と、ずっと友達でいると約束した。高校生になって再会した親友は……まさかの学校一の清楚可憐な美少女!? なのに俺の前でだけ昔のノリだなんて……最高の「友達」ラブコメ!
作品特設サイト
公式Twitter
スニーカー文庫

隣の席のヤンキー清水さんが髪を黒く染めてきた
底花　イラスト　ハム
Story by Teika Art by Hamu
お前のために髪を黒く染めたんだから……
気づけよな。
1巻発売即重版!!
「髪染めたんだね」「ああ」「どうして髪染めたの?」「なんでって、昨日お前が……」僕の隣の席に座る金髪から黒髪に染めたヤンキーJK・清水さん。その後も一緒に料理したり、お弁当をくれたりするのだけど……。
スニーカー文庫

「私は脇役だからさ」と言って笑う
そんなキミが1番かわいい。
クラスで2番目に可愛い女の子と友だちになった
たかた [イラスト]日向あずり
第6回 カクヨム Web小説コンテスト 特別賞 ラブコメ部門
『クラスで2番目に可愛い』と噂の朝凪さん。No.1人気の天海さんにも頼られるしっかり者の彼女は……金曜日の放課後だけ、俺の家に遊びに来る。本当は無邪気で甘えたがり。素顔で過ごす、二人だけの時間。
スニーカー文庫

きみの紡ぐ物語で
世界を変えよう。
第30回
スニーカー大賞
作品募集中!
大賞 300万円
+コミカライズ確約
金賞 100万円
銀賞 50万円
特別賞 10万円
締切必達!
前期締切
2024年3月末日
後期締切
2024年9月末日
詳細は
ザスニWEBへ
https://kdq.jp/s-award
イラスト/カカオ・ランタン